瑜伽文库
YOGA LIBRARY

“瑜伽文库”编委会

策　划　汪　瀰

主　编　王志成

编　委　陈　思　迟剑锋　戴京焦
方　桢　富　瑜　高光勃
何朝霞　郝宇晖　蕙　觉
菊三宝　科　雯　Ranjay
毛　鑫　灵　海　刘从容
路　芳　迷　罗　沙　金
顺　颐　宋光明　王保萍
王东旭　王　洋　王　媛
闻　中　吴均芳　尹　岩
张新樟　朱彩红　朱泰余

《薄伽梵歌》的教导

【印】斯瓦米·戴阳南达 / 著
汪永红 / 译

四川人民出版社

图书在版编目（CIP）数据

《薄伽梵歌》的教导 /（印）斯瓦米·戴阳南达著；汪永红译.—成都：四川人民出版社，2019.1（2019.7重印）
（瑜伽文库）
ISBN 978-7-220-11030-6

Ⅰ.①薄… Ⅱ.①斯… ②汪… Ⅲ.①史诗—印度—古代②梵—印度教—研究 Ⅳ.①I351.22②B982

中国版本图书馆CIP数据核字（2018）第227083号

BOJIAFANGE DE JIAODAO

《薄伽梵歌》的教导

[印] 斯瓦米·戴阳南达 著 汪永红 译

责任编辑	何朝霞 杨雨霏
封面设计	肖 洁
版式设计	戴雨虹
责任校对	袁晓红 林 泉
责任印制	王 俊
出版发行	四川人民出版社（成都槐树街2号）
网 址	http://www.scpph.com
E-mail	scrmcbs@sina.com
新浪微博	@四川人民出版社
微信公众号	四川人民出版社
发行部业务电话	（028）86259624 86259453
防盗版举报电话	（028）86259624
照 排	四川胜翔数码印务设计有限公司
印 刷	四川东江印务有限公司
成品尺寸	130mm×185mm
印 张	8.25
字 数	160千
版 次	2019年1月第1版
印 次	2019年7月第2次印刷
书 号	ISBN 978-7-220-11030-6
定 价	40.00元

作者介绍

斯瓦米·戴阳南达（Swami Dayananda，1930年8月15日－2015年9月23日）是印度杰出的吠檀多学者和罕见大师，受到学术界和传统权威人士的高度重视。他曾师从众多导师，广泛学习了《奥义书》、逻辑和梵文语法。他深厚的学问使其教学非常清晰，无论是在印度定期举办的数千人参加的演讲会，还是在世界各地大学举办的研讨会，他生动的教学和沟通能力，使他与听众建立了非常融洽的关系。

斯瓦米·戴阳南达从20世纪60年代起，在印度及世界各地亲授吠檀多五十余载。他在印度瑞诗凯诗和哥印拜陀、美国宾夕法尼亚州的等静修中心，曾多次亲授吠檀多方法论。斯瓦米·戴阳南达亲授的学生遍及世界各地，其中最著名的学生是印度现任总理莫迪。斯瓦米·戴阳南达奔波于世界各地进行教学和演讲，传播印度哲学。

斯瓦米·戴阳南达以出色的沟通能力闻名于世，他曾在海外许多著名的论坛、国际公约、教科文组织、联国非政府组织聚会、教科文组织“汉城全球公约”、联合国五十周年庆祝活动、千禧年世界和平首脑会议、保护宗教多样性国际大会、保护圣地大会、青年和平首脑会议、全球妇女宗教和灵性导师和平倡议等。

2016年1月25，尊敬的斯瓦米·戴阳南达被授予了莲花奖勋章（Padma Bhushan），以追认他在灵性领域为国家做出的杰出贡献。

“瑜伽文库”总序

古人云：观乎天文，以察时变；观乎人文，以化成天下。人之为人，其要旨皆在契入此间天人之化机，助成参赞化育之奇功。在恒道中悟变道，在变道中参常则，“人”与“天”相资为用，相机而行。时时损益且鼎革之。此存“文化”演变之大义。

中华文明源远流长，含摄深广，在悠悠之历史长河，不断摄入其他文明的诸多资源，并将其融会贯通，从而返本开新、发闳扬光，所有异质元素，俱成为中华文明不可分割的组成部分。古有印度佛教文明的传入，并实现了中国化，成为华夏文明整体的一个有机部分。近代以降，西学东渐，一俟传入，也同样融筑为我们文明的固有部分，唯其过程尚在持续之中。尤其是20世纪初，马克思主义传入中国，并迅速实现中国化，推进了中国社会的巨大变革……

任何一种文化的传入，最基础的工作就是该文化的经典文本之传入。因为不同文化往往是基于不同的语言，故文本传入就意味着文本的翻译。没有文本之翻译，文化的传入就难以为继，无法真正兑现为精神之力。佛教在中国的扎根，需要很多因缘，而前后持续近千年的佛经翻译具有特别重要的意义。没有佛经的翻译，佛教在中国的传播就几乎不可想象。

随着中国经济、文化之发展，随着中国全面参与到人类共同体之中，中国越来越需要了解更多的其他文化，需要一种与时俱进的文化心量与文化态度，这种态度必含有一种开放的历史态度、现实态度和面向未来的态度。

人们曾注意到，在公元前8—前2世纪，在地球不同区域都出现过人类智慧大爆发，这一时期通常被称为“轴心时代”。这一时期所形成的文明影响了之后人类社会2000余年，并继续影响着我们生活的方方面面。随着人文主义、新技术的发展，随着全球化的推进，人们开始意识到我们正进入“第二轴心时代”（the Second Axial Age）。但对于我们是否已经完全进入一个新的时代，学者们持有不同的意见。英国著名思想家凯伦·阿姆斯特朗（Karen Armstrong）认为，我们正进入第二轴心时代，但我们还没有形成第二轴心时代的价值观，我们还需要依赖第一轴心时代之精神遗产。全球化给我们带来诸多便利，但也带来很多矛盾和张力，甚至冲突。这些冲突一时难以化解，故此，我们还需要继续消化轴心时代的精神财富。在这一意义上，我们需要在新的处境下重新审视轴心文明丰富的精神遗产。此一行动，必是富有意义的，也是刻不容缓的。

在这一崭新的背景之下，我们从一个中国人的角度理解到：第一，中国古典时期的轴心文明，是地球上曾经出现的全球范围的轴心文明的一个有机组成部分；第二，历史上的轴心文明相对独立，缺乏彼此的互动与交融；第三，在全球化视域下不同文明之间的彼此互动与融合必会加强和加深；第四，第二轴心时代文明不可能凭空出现，而必具备历史之继承和发展性，并在诸文明的互动和交融中发生质的突破和提升。这种提升之结果，很可能就构成第二轴心时代文明之重要资源与有机部分。

简言之，由于我们尚处在第二轴心文明的萌发期和创造期，一切都还显得幽暗和不确定。从中国人的角度看，我们可以来一次更大的觉醒，主动地为新文明的发展提供自己的劳作，贡献自己的理解。考虑到我们自身的特点，我们认为，极有必要继续引进和吸收印度正统的瑜伽文化和吠檀多典籍，并努力在引进的基础上，与中国固有的传统文化，甚至与尚在涌动之中的当下文化彼此互勘、参照和接轨，努力让印度的古老文化可以服务于中国当代的新文化建设，并最终可以服务于人类第二轴心时代文明之发展，此所谓"同归而殊途，一致而百虑"。基于这样朴素的认识，我们希望在这些方面做一些翻译、注释和研究工作，出版瑜伽文化和吠檀多典籍就是其中的一部分。这就是我们组织出版这套"瑜伽文库”的初衷。

由于我们经验不足，只能在实践中不断累积行动智慧，以慢慢推进这项工作。所以，我们希望得到社会各界和各方朋友的支持，并期待与各界朋友有不同形式的合作与互动。

“瑜伽文库”编委会

2013年5月

《〈薄伽梵歌〉的教导》中文版序言

《薄伽梵歌》是一部备受尊崇的印度古代灵性杰作，它揭示了每个人借由行动瑜伽（karma yoga）及其价值观和态度，可以获得永恒的自由和圆满，这是获得情感成熟的心智（一种能够理解和吸收至上教导的心智）所必需的。《〈薄伽梵歌〉的教导》是诠释《薄伽梵歌》的著作，是尊敬的斯瓦米·戴阳南达（Pujya Swami Dayananda）的英语讲谈集结而成的一本书。在这本书中，斯瓦米·戴阳南达有条不紊地逐章展示了《薄伽梵歌》的视野和所有重要主题，使人能够深入领悟该教导，并为更详细地学习奠定基础。

这本书由尊敬的斯瓦米·戴阳南达的学生S.罗达克里希那（S.Radhakrishnan）博士首次引荐给中国读者。在罗达克里希那博士的中国学生中，汪永红女士对学习和吸收这本书的内容表现出极大的兴趣，她还对将这本书翻译为中文表示了强烈意愿。这本书的首部中文译著凝聚着汪永红女士的承诺和努力，罗达克里希那博士对汪永红女士在翻译这本书时所给予的指导和帮助值得特别提及。我们祝贺汪永红女士和罗达克里希那博士推出这本书的首部中文译著。我们希望并祝愿这本书能够永驻有志灵性追求的中国读者心中，并赐福予他们。愿《〈薄伽梵歌〉的教导》帮助中国读者更好地理解《薄伽梵歌》，并借此获得生命的圆满。

Om Tat Sat.

阿夏·韦迪亚古鲁学堂导师
（Acarya, Arsha Vidya Gurukulam ）
斯瓦米·香卡拉南达·萨拉斯瓦提
（Swami Shanakarananda Saraswati）
2018年7月7日写于印度哥印拜陀的阿尼卡提
（Anaikatti, Coimbatore, India）

目　录

前　言 …… 001

第一章　人类的问题 …… 001

基本问题 …… 001

渴望不同 …… 003

两种追求 …… 004

生活的目的 …… 006

《薄伽梵歌》的解决方案 …… 007

第二章　阿周那的悲伤 …… 009

《薄伽梵歌》的背景 …… 009

开场白 …… 012

阿周那的内心冲突 …… 015

第三章　寻求解决方案 …… 019

克里希那的建议 …… 019

阿周那发现的问题 …… 022

第四章　三个局限 031
悲伤没有缘由 031
人类的局限 032
不合理的问题 034
不合理的寻找 035
相对的我 036
我的本质 040

第五章　我是谁? 041
为什么你对自己无知? 042
你是身体吗? 042
你是感觉器官吗? 043
你是心吗? 044
你是智力吗? 045
你是意识 046
意识是无限的 048

第六章　你即快乐 051
局限不是真的 051
意识的本质 052
消除局限的概念 054
一个新问题 055
人的状态 055
快乐是一个物体吗? 055

快乐在我之内吗？ 056
你即快乐 056
睡眠，一种快乐状态 057
快乐就是无欲 058

第七章　行动瑜伽 062
阿周那的困惑 062
好恶问题 065
好恶：知识的障碍 067
放弃行动是不可能的 070
行动瑜伽：对行动的态度 071
恩赐智性（Prasāda Buddhi）：优雅地接受 ... 074
虔信智性（Īsvarārpaṇa Buddhi）：将行动
奉献给主 076
行动瑜伽的效果 078

第八章　知识及不行动 080
知识是一个奇迹 080
第十个失踪者的故事 082
需要一位老师 083
谁是第一个古鲁？ 084
赞美自我知识 086
行动及不行动 087
你是不行动的意识 089

不行动的例子 091

第九章　弃　绝 093
责任、弃绝和完全弃绝 095
赞扬知识及阿周那的疑问 097
弃绝及行动：它们的作用 098
弃绝（Nyāsa）和完全弃绝（Sannyāsa）........ 100

第十章　冥　想 105
体验并非知识 106
什么是知识？ 108
自我谴责是问题 110
习惯的问题 111
冥想的需要 112

第十一章　神是谁？ 116
局限的形式 116
谁创造这个世界？ 118
客观造物的根源 118
信仰或知识？ 119
物质根源 121
什么是主的形式？ 125
波浪及海洋 126

第十二章 自我即梵 127
神我无异 127
谁是奉献者？ 129
三类奉献者 130
第四类奉献者 132
梵是什么？ 133
差异只是表面的 135
生死轮回（Saṁsāra Cakra） 136
通过知识终结轮回 137

第十三章 秘密之王 140
知识领域之王者 141
认知主 142
认知自我 143
真实的和表面的：最大的秘密 144
你是圆满俱足 147
人类的关心 149

第十四章 主之荣耀 152
一个和平的心智 152
敏感的心智 153
如何改变一个人的态度？ 154
在生命中你拥有什么？ 155
造物主的荣耀 157

谁拥有你的身体？ 157
宇宙人 159

第十五章　虔　信 161
个体和整体 161
什么是虔信？ 164
相对的和根本的 167
祈祷和崇拜 169
奉献是一种态度 170
瑜伽是知识的手段 172

第十六章　领域和领域知者 174
领　域（kṣetra） 175
领域知者（kṣetrajña） 176
领域知者是自我（jñeyaṁ）和原人（puruṣa） 177
知识：生活的价值观 181

第十七章　三　德 189

第十八章　轮回树（Saṁsāra） 194
砍　树 197
永无止境的终点 199
无限不被限制 202

第十九章　神圣与恶魔的本性 208
编程、价值、美德 208
吸取价值观 211
解脱的价值观 214

第二十章　三重信仰（Śraddhā） 216

第二十一章　教导的结果 220
Tyāga：行动结果的弃绝 220
Sannyāsa：行动的弃绝 221
余味犹存 222
世界并非陷阱 223
悲伤在加剧 224
主的恩赐 226
总结教导 226
阿周那的回应 231
结　束 232

后　记 234

前　言

《〈薄伽梵歌〉的教导》以这样的保证开篇：悲伤没有缘由。《薄伽梵歌》致力于解决人类冲突和悲伤的问题。该教导的背景是阿周那的特殊情况——却源于每个人所感受到的匮乏感。一个人无力面对某种特定情况，是因为他或她不了解每个具体问题皆源于自我匮乏的人类根本问题，除非一个人发现自我是圆满俱足的，否则生活仍然是一个问题。

克里希那在《薄伽梵歌》中开示：每个人——实际上每个存在——都是完整的、俱足的自我，匮乏感源于对自我真正本性的无知，此种情况成为问题，造成冲突和无奈感。自我知识——唯有该知识才能消除匮乏感。当个人发现自己是俱足完整的存在时，所有冲突和悲伤都消失了，喜乐变得自然，毫不费力，个人成为一个自发的人，生活成为一个游戏。该知识被称为“自我知识”（Brahmavidyā，又译为“梵知”），是《薄伽梵歌》的主要教导。

《薄伽梵歌》还教导行动瑜伽，即：将付出行动作为对主的供奉，接受其结果作为主的恩赐。为了接受经文所开示的真理，就必须拥有一个冥想的心智，一个没有好恶的心智（好恶是自我知识的障碍）。因此，《薄伽梵歌》教导行动瑜伽，作为消除好恶的手段。行动瑜伽不过是对主的虔信或奉献，它表现为秉持如此态度：将付出行动作为对主的供奉，而欣然接受行动结果作为主的恩赐。这种瑜伽的态度中和了好恶，带来了一个宁静开放的心智——一个学习的心智。这是瑜伽论（Yogaśāstra），形成了《薄伽梵歌》的第二个教导。梵知（Brahmavidyā）和瑜伽论（yogaśāstra）共同构成了《薄伽梵歌》的完整教导。

从阿周那的这个声明中可以看出，克里希那的教导是有效的："我的困惑已经消失了，我已经获得了'我是俱足和完整'的知识，我毫不犹豫地去做我应该做的事情。"当《薄伽梵歌》的教导被吸收时，每个人皆可以如此说。

在这本书中，斯瓦米·戴阳南达用清晰直接的语言展开了《薄伽梵歌》的教导，在保留经文的深刻性和整体教导精髓的同时，斯瓦米·戴阳南达使其对于每个人都变得简单易懂，这是斯瓦米·戴阳南达对《薄伽梵歌》所有十八章谈话的凝练转述，读者可以获得《薄伽梵歌》的全面视野，以及每章所讨论的个别的、主要的话题。

该书由斯瓦米·戴阳南达在加利福尼亚州的学生坎蒂·拉玛丝瓦米（Candy Ramaswamy）女士精炼和编辑，我们感谢她为此付出的极大工作。我们也感谢澳大利亚的苏珊·维纳（Susen Werner）的建议，她也是斯瓦米·戴阳南达的学生。

斯瓦米·韦迪塔特南达（Swami Viditatmananda）
室利·甘伽达瑞斯瓦基金会（Sri Gangadhareswar Trust）

第一章

人类的问题

人类心智是一个战场，一个不断冲突的战场，冲突的出现归咎于选择的可能。动物没有冲突，水牛不会困惑："我应该是素食者还是非素食者？"它的生命是由本能控制的，它别无选择。选择是人类的特权。

当有选择时就会产生冲突：做什么？避免什么？生存还是死亡？个人必须一次又一次地停下来思考，因为他每时每刻都处在十字路口，他不能同时踏入两条殊途。我是否应该这样做？我应该行动或弃绝？我是否应该结婚？工业家会思考："我应该建造这个工厂吗？"家庭主妇会问："我应该烹饪土豆还是茄子？"每个人都会面对冲突，每个心智都是一个俱卢之野（Kurukṣetra），一个战场。

基本问题

生为人类，被赋予独特的辨识力和选择力是一个极大的恩赐，然而这个恩赐也是一种诅咒，因为选择造成冲突。人们经常向神灵寻求帮助，以解决这些冲突。水牛不会去寺庙祈祷，或去教堂做弥撒，它既不寻求帮助，也不感谢神灵的恩赐。另一方面，人们做一切事情，以期获得内在的力量。充满着亟待决定问题的生命似乎不再沉着，你只是问候某人“你好吗？”他会向你絮叨其整个人生故事，这并不意味着只有他才有问题，其他人知道这个问题纯属客套，不一定会述说其故事。每个人都有许多难处，因为每个心智都是一个战场。

动物只对食物和繁殖感兴趣，它可以本能地照顾这些需求。人类也有同样的需求，但他另有一个特点，他为自己和他人创造了一个难以想象的心智问题，早上他可能感觉良好，但到晚上他可能感觉相反；头天他可能非常友善，但到第二天他可能脾气不好，不能接受小批评，把批评当成侮辱。他不能一贯如一地与别人交往，因为他常常善变，通常他甚至不能恰当地自我独处。这是一个善变的心智。心智处于持续冲突的问题，并非仅属于现代人的问题，它是一个古老的问题，是人类的根本问题。

心智的问题不能借由满足一切需求来解决，即使一切需求皆能实现，人们仍然会有冲突，总是困惑下一步该怎么办。每天在深眠状态中，人们呼唤停止这场内战，但一旦心智醒过来，冲突就再次开始。只要心智依然存在，无论是做梦还是醒来，冲突依然存在。

人类不能生活在冲突中，也不能用药物或其他方式暂时摆脱心智的影响来解决冲突，一旦开始思想，冲突再次变大。我们对冲突的反应，是不对冲突加以控制，从而消除心智的力量呢，还是让心智陶醉于某些脱离现实生活的想象状态，抑或试图找到解决这个冲突的办法？在这个问题上，如果一个人想让自己的心智保留控制权的话，那么他是没有选择的。冲突的问题必须解决好。

渴望不同

心智具有非凡的力量，其痛苦也是非凡的。受到内心冲突的困扰，当一个人在街上看到水牛不理睬他按喇叭，于是他想“也许这头水牛比我更有福气！”水牛“开心”，因为它似乎没有自我意识来判断自己是否快乐，它依照其自然本能活着而没有冲突，它不会试图与其本来面目不同，因为它不具有感知自己不开心的自我意识。

希望与众不同是人类所特有的，拥有智性的赐福、智慧的能力，人类不仅能够意识到世界，也意识到自己，这是他与动物的区别，有自我意识是他的荣耀。然而，他所知道的自我不是一个完整的、俱足的自我，不幸的是，它是一个欠缺的、匮乏的自我。

人们意识到的唯一自我，就像印度音乐中的基调（śruti），歌手唱出各种旋律，但音调始终保持与基调——坦布拉（tamburā，低沉单调的持续背景音）一致。同样，在所有人的追求背后，在每个人心中有个持续作响的基调“我想要……我想要……我想要……”，这个“我想要”是一个根本需求，它体现在各种具体需求中，它是“个人是匮乏存在”结论的各种表达。

“我想要……”，这是一切冲突的根源，在变得完整的渴求中，心智（一切行为的基础）成为思想冲突的战场。总是存在冲突，需要解决方案，人类心智渴望摆脱冲突。

两种追求

当一个人想要某个东西，而这个东西并非他真正所需，他只不过想通过获得这个东西来变得与众不同。我很不安，因为我对自己不满意，由于感觉一切都不好，我必须做点事情来使情况好转。一位妇女的鞋子里有一块小石子，无论她如何匆忙，为了使脚舒服点，她不得不停下来抖掉石子。同样，似乎我们每个人都有挥之不去的烦恼，我们努力获得一种轻松的感觉。为了达到这个目的，人们所为与他人大同小异：一个人获得某个想要的东西，为了使自己舒服；或者摆脱不想要的东西，希望没有那个东西会更开心。

反思一生中所有追求可分为两类：争取某些东西，以及摆脱某些东西。在梵语中，这被称为前进（pravṛtti）和撤退（nivṛtti）。在战争中，军队前进是pravṛtti，成功从敌军撤退是nivṛtti。这两种类型的追求都是为了个人舒适。

实现舒适的方法因人而异，某人可能不想要别人梦寐以求的轿车，要或不要是由个人价值观决定的，其共同点是：每个人都想要获得或摆脱某些东西。个人的需求不断变化—— 一度曾想拥有的，随后可能不再想要，但是“我想要……我想要……我想要……”的基调未曾改变。

一位智者可能只是坐在树下，以天空为屋顶，以树叶为天花板，他不想要或需要任何东西，且随时准备舍弃他所拥有的一切，准备把别人施舍给他的食物拿去喂流浪狗，然而他似乎很开心。看着他，另一个人会想“如果让我舍弃一切的话，我也会快乐”。他可能会弃世，将家庭、家园及工作保障抛诸脑后。如此弃世，他不一定会成为快乐的人；相反，他可能会成为一个凄惨的乞丐，以前他是精神上贫困，现在他变得物质上也贫困了，他的情况比以前更糟了。

另一种人认为“如果我拥有更多，我会更开心”。“更多”是一种比较，一个人拥有再多，也总是还想更多。一个沦落街头的人认为，如果他每天能吃上两顿饭的话，他就会很开心。如果他吃上两顿饭以后，他会说“吃饭并不是生命中的一切”。为了使自己开心，他想要获得更多的东西——一个棚屋，然后是一套公寓，一幢有花园的房子；一辆自行车，一辆滑板车，一辆轿车，最后是一辆豪华轿车。接下来是什么？他依旧不知足，他必须收手，发现所需东西已经足够了。他可能会去以前没去过的地方，但这并不能使他满足，无论他去哪里，他只会发现各地均是已见识过的事物——树木、河流、鸟、雪、人、天空、星星。所以他会想：“这些我都已经看过了，还有什么呢？”这个“想要”是无止境的，无论做什么，依然是“我想要”的老调重弹。

这是人类的根本问题。我渴望自在以及安于自我，而那安宁却无处可寻，因为我意识到自己是匮乏的，我无法怀着匮乏而感到自在。由于不知道如何解决这个问题，我开始逃避它。有时，我听音乐，以逃避悲伤；我去看电影，以暂时逃避、摆脱我心中的现实，希望获得安慰。没有人能够通过逃避来解决问题，“我想要”的问题，不能通过前进或撤退来解决。

生活的目的

生活处于需求和匮乏的压力中，你可能认为别人很开心，因为他拥有舒适的生活，这是因为你为他之拥有设定了一个价值观，实际没人真的开心。“拥有者”与“不拥有者”之间的唯一区别在于：“拥有者”对舒适不满意，“不拥有者”对不舒适不满意。每个人都想与其本来面目不同，这是常见的问题。

解决问题是生活的目的，人们不能对此漠不关心。生活的经验使人思索：“我想要的并非所有这一切，我想要安于自我，我如何能够发现那个呢？”当这个问题被确定后，人们就会明确地知道应该寻找什么，生活就变得有目的性了，仅此就值得活着。

《薄伽梵歌》的解决方案

一个相关的问题常被人们提及：“《薄伽梵歌》能解决我的什么问题？”《薄伽梵歌》不能赐予你食物或庇护所，它不谈人口爆炸或污染控制，因为它不提供解决这些具体问题的方法。《薄伽梵歌》解决匮乏自我的问题，因为匮乏使我们不能面对具体问题。

具体问题不时出现，早上可能是一个问题，晚上又是另一个问题。没有人，即便毗耶娑（Vyāsa），或克里希那（Lord Kṛṣṇa）也避免不了具体问题，如果不存在这样的问题和挑战的话，生活将变得单调乏味。一个抱怨问题的人，就像村民抱怨富裕的足球助手吝啬，他给22名球员只提供1个足球。球只有1个，而竞争者很多，然后才有游戏。所以，生活的游戏亦如此，只有存在着挑战，你才会享受这个游戏。对于任何个人或国家来说，都会存在一些极端难以解决的具体问题，但如果个人的心智清醒，从过去的经验中学习的话，挑战就会被化解。

如果我们解决了根本问题的话，所有具体问题都可得到更好的处理，否则在解决当前问题的同时，我们又会制造新的问题。感到匮乏者怎么能够服务他人呢？为了服务他人，人们必须认识到自己是一个俱足者。

匮乏问题与人类一样古老，这是《薄伽梵歌》中阿周那所面临的问题。阿周那是一个具有神话般成就和训练有素的战士、英雄，而他被个人冲突和无助感所淹没。克里希那教导他如何了悟俱足自我，当他了悟后，他的一切冲突和悲伤化解。这是《薄伽梵歌》的主题。

《薄伽梵歌》并非只适用于个人、宗派或某一国家，它适用于全人类。它向在生活中有纠结的心智，不满于持续需求的心智，警觉、思考及有诸多冲突的心智进行宣讲。在接下来的章节中，我们将会看到，《薄伽梵歌》提供了针对“冲突及需求”的人类根本问题的解决方案。像阿周那一样，你也会说：“我的疑虑消失了！”（Naṣṭo mohah）这就是《薄伽梵歌》的承诺。

第二章

阿周那的悲伤

在所有个人追求的背后，尚未解决的根本问题是匮乏感。当阿周那面对自相残杀的战争时，他发现了这一点，他清楚地看到，他不会在胜利或失败中找到幸福。因此，他渴望获得解决该人类根本问题的方案。

《薄伽梵歌》的背景

克里希那是一位被誉为神之化身的国王，但是，他的生活并非一帆风顺。他出生在牢狱里，不能和自己的父母在一起生活，他由一位牧牛者哺养长大。当他还是婴儿时，他就不得不面对许多仇敌。然而，即便经历诸多磨难，他却生性乐观。他的故事记载在《摩诃婆罗多》《薄伽梵歌》和其他《往世书》中。

阿周那与克里希那是同时代的人，是般度五子之一。当他的兄弟们继承其父亲的浩大王国时，长兄坚战（Dharmaputra）成为国王，阿周那（Arjuna）

和他的兄弟怖军（Bhīma）、无种（Nakula）、谐天（Sahadeva）是王子，他们总是遵循并捍卫正法。不幸的是，这些美德并未延伸到整个家族。般度的哥哥持国有一百个儿子，他们许多人的名字以前缀dur开始，这意味着邪恶，他们确实人如其名。他们中最年长的难敌（Duryodhana）想霸占坚战的王国，他在与般度五子的赌骰子游戏中通过作弊赢得了胜利。根据比赛规则，失败的坚战及其四兄弟要在森林里生活十二年，还要再过隐匿生活一年，十三年后，他们方可返回自己的国度。

般度五子在十三年流亡中幸存下来，最终返回他们的王国，但难敌拒绝兑现当初的约定，他不愿放弃王位。出于对难敌的同情，并希望避免自相残杀的战争，般度五子派克里希那进行斡旋，请求归还般度五子至少一个王国，难敌却不同意；克里希那请求他归还半个王国，或五个村庄，或拥有五栋房子的村庄，或至少一栋拥有五个房间的房子，所有这些建议都被难敌拒绝。难敌说："般度五子已经在森林里生活了十三年，让他们返回森林里度过余生。如果他们真的想讨回土地，他们必须用剑来赢取，如果他们为之而战，只有在我死后才能如愿以偿。"

难敌是一个篡位者。作为王子，般度五子不仅拥有国度的权利，而且也有义务捍卫正法。为了避免战争，他们愿意做出妥协，但是由于难敌的贪婪，却使之不可能，于是只能宣战。献身于捍卫正法、土地道德和伦理法典的几位伟人支持般度五子，其中有克里希那，他担任阿周那的战车车夫。

在开战前，阿周那和难敌皆向克里希那寻求援助。克里希那囿于对双方的义务，他告诉他们："我不会拿起任何武器，也不为任何一方战斗。另一方面，我的军队装备齐全。你们可以在我的军队和我之间做出选择。"难敌赶紧把军队抓到手，所以当阿周那选择让主克里希那在他身边时，难敌认为阿周那很愚蠢，庆幸自己何其幸运。

阿周那看待事情的观念不同，他相信，克里希那一定会使成功与失败截然不同，因为他将室利·克里希那视作主。有三个因素决定了行动的结果：个人努力（prayatna）、时间（Kāla）、主（daivam）。前两个因素都在个人掌控之中，而主——未知的第三个因素，将使成功和失败截然不同。阿周那对主有信心，难敌却没有，因为他们价值观的差异，他们皆对克里希那所赐感到欢喜。[1]

---

① 难敌获得军队，阿周那获得克里希那，所以两人都对所获感到欢喜。——译者注

阿周那不愿看不见作为主的克里希那，所以他请求克里希那当他的战车车夫，坚信主在驾驶座上，他将达到其目标。

开场白

随着军队在战场上集结，在瞎眼老国王持国的宫殿里，持国问臣子全胜（Sañjaya）发生了什么事情：

धर्मक्षेत्रे कुरूक्षेत्रे समवेता युयुत्सवः ।
मामकाः पाण्डवाश्चैव किमकुर्वत सञ्जय ।। 1-1 ।।

Dharamakṣetre kurukṣetre samaveta yuyustsavaḥ
Māmakāh pāṇḍavāścaiva kimakurvata sañjaya (I:1)

全胜啊，两军集结在神圣的俱卢之野渴望战斗，我的子民及般度的儿子们在做什么？

通过两个词“我的子民（māmakāh）”和“般度的儿子们（pāṇḍavāḥ）”，将持国的盲目暴露无遗，他不仅眼瞎，还将般度五子与“我的子民”区分开来，表明他将般度族人视作陌生人，尽管般度（般度五子的父亲）是他的小弟。

持国的问题似乎很愚蠢。因为之前的篡夺、掷骰子作弊、流放，最终导致了战争。此刻，战士们武装到牙齿，集结在战场准备自相残杀，你还能指望在战场上发生什么？当然不是愉快的交换。其实持国问题的话外音是：由于般度五子捍卫正法，该国是正法最神圣之地，因此，也许般度五子会决定退出战争并返回森林，这将使难敌一箭不发而保全王国，般度五子的善良可能会使他和自己的儿子们受益。

全胜已经被马哈希·韦达·毗耶娑（Maharṣi Veda Vyasā）赐予天眼，他可以和老国王留守在宫殿里，向他讲述战场上发生的事情。全胜叙述战场上的活动从第二段开始：

दृष्टा तु पाण्डवानीकं व्यूढं दुर्योधनस्तदा ।
आचार्यमुपसङ्गम्य राजा वचनब्रवीत् ।। 1-2 ।।
Dṛṣtvā tu pāṇḍavānīkaṁ vyūḍhaṁ duryodhanastadā
Ācāryamupasaṅgamya rājā vacanamabavīt (I:2)
अत्र शूरा महेष्वासा भीमार्जुनसमा युधि ।
युयुधानो विराटश्च द्रुपदश्च महारथः ।। 1-4 ।।
Atra śūrā maheṣ vāsā bhīmārjunasamā yudhi
Yuyudhāno virāṭaśca drupadaśca mahārathaḥ (I:4)

看到般度族的军队，难敌走近他的老师德罗纳说道："这里是英雄，大弓箭手，他们在战场上像阿周那和怖军一样，还有善战、毗罗吒、木柱王，全部指挥官（Mahāratha）。"

一名指挥官统率11000名弓箭手，阿周那是般度军队众多伟大战士中瞩目的人物。难敌在这里对德罗纳（他曾向般度和持国的儿子们传授过箭术）讲话，难敌担心德罗纳可能拒绝与阿周那交战，因为阿周那曾是德罗纳最出色、最受青睐的弟子，难敌奉承德罗纳和其他集结在他身边的伟人。

भवान्भीष्मश्च，कर्णश्च कृपश्च समितिञ्जयः ।
अश्वत्थामा विकर्णश्च सौमदत्तिस्तथैव च ।। 1-8।।
Bhavānbhīṣmaśa karṇaśca kṛpaśca samitiñjayaḥ
Aśvatthāmā vikarnaśca saumadattistathaiva ca (I:8)
अन्ये च बहवः शूरा मदर्थे त्यक्तजीविताः ।। 1-9 ।।
Anye ca bahavaśśūrā madarthe tyaktajīvitāḥ (I:9)

您、毗湿摩、迦尔纳、百战百胜的慈悯、马嘶、月授王的儿子广声，还有许多英雄，为我奋不顾身。

难敌没忘记提及德罗纳的儿子马嘶，因为德罗纳的软肋正是他的儿子——随后他导致了德罗纳的死亡。称呼这些人为奋不顾身的人（tyaktajīvitāḥ），难敌虽然无意说出了这个词，却揭示了战争的结局。

他继续说道：
अपर्याप्तं तदस्माकं बलं भीष्माभिरक्षितम् ।
पर्याप्तं त्विदमेतेषां बलं भीमाभिरक्षितम् ।। 1-10 ।।

Aparyāptaṁ tadasmākaṁ balaṁ bhīṣṁābhirakṣitaṁ

Paryātaṁ tvidameteṣāṁ balaṁ bhīṁābhirakṣitaṁ（I:10）

我们受毗湿摩保护，军队是不可战胜的；他们受怖军保护，军队力量有限。

难敌向德罗纳保证："有您这样的伟人及毗湿摩率领我们，我们具有优势，我们肯定会占上风。"

战争即将开始，毗湿摩、德罗纳以及难敌军队中的其他人吹响号角，助战锣鼓声及武器叮咣声震得地动山摇。般度族的军队立即响应。

पाञ्चजन्यं हृषीकेशो देवदत्तं धनञ्जयः ।

पौण्ड्रं दध्मौ महाशङ्खं भीमकर्मा वृकोदरः ।। 1-15 ।।

Pāñcajanyaṁ hṛsīkeśo devadattaṁ dhanañjayaḥ

Paunḍraṁ dadhmau mahāśaṅkhaṁ bhīmakarmā vṛkodaraḥ（I:15）

主克里希那吹响五生螺号，阿周那吹响天授螺号，怖军（也被称为狼腹，他腹大如狼）吹响崩多罗大螺号。

阿周那的内心冲突

敌军力量部署在战场上，其中包括与难敌结盟的伟大战士。为了更清楚看到他们，阿周那请求克里希那：

सेनयोरूभयोर्मध्ये रथं स्थापय मेऽच्युत ।। 1-21 ।।

Senayorubhayormadhye rathaṁ sthāpaya me'cyuta(I:21)

哦，不可战胜者（Acyuṭa）！请把我的战车停在两军之间。

克里希那把阿周那的战车驾驭到一个地方，从那里阿周那可以看到德罗纳、毗湿摩、迦尔纳和其他对手。然后，阿周那方才完全意识到他要选择与谁开战的问题，而这件事折磨着他。他想道："这是我的祖伯毗湿摩，我坐在他的腿上学习字母；这是德罗纳，我向他学习箭术；这是老师克帕。我怎么能与这些人开战呢？"他战斗的决心崩溃了。看到难敌那边是他自己的亲人，阿周那对克里希那说："我怎么能和自己亲人开战呢？杀死那些维系我的幸福的人，我永远不会幸福；我知道这样的人永远不会退缩，他们将在战场上战斗直至胜利或死亡。我不可能在不摧毁他们的情况下获得胜利，我也不能接受失败。我的心情现在很沉重，如果我杀了他们，心情会愈发沉重。那么这场战争会得到什么呢？我会让他们占有王国，即使它是我们的权利。"

阿周那继续说："人们可能会认为，这不是一个获得王国的问题，而是捍卫正法的问题，我也不认为这能够实现，因为正法必须被人们遵循，如果我杀死所有这些好人，就没有人会捍卫或传授正法。我在这场战争中所看到的只是罪恶和社会被破坏。”

न काङ्क्षे विजयं कृष्ण न च राज्यं सुखानि च ।
किं नो राज्येन गोविन्द किं भोगैर्जीवितेन वा ।। 1-32 ।।
Na kāṅkṣe vijayaṁ kṛṣṇa na ca rājyaṁ sukhāni ca
kiṁ no rājyena govinda kiṁ bhogairjīvitena vā (I:32)

येषामर्थे काङ्क्षितं नो राज्यं भोगाः सुखानि च ।
त इमेऽवस्थिता युद्धे प्राणांस्त्यक्त्वा धनानि च ।। 1-33 ।।
Yeṣāmarthe kāṅksitaṁ no rājyaṁ bhogāṣsukhāni ca
Ta ime'vasthitā yuddhe prāṇāṁistyaktvā dhanāni ca(I:33)

निहत्य धार्तराष्ट्रान्नः का प्रीतिः स्याज्जनार्दन ।। 1-36 ।।
Nihatya dhārtarāṣtrannaḥ kā prītissyājjanārdana (I:36)

他说：“噢，克里希那，我不渴望胜利，也不渴望王国和舒适。王国、快乐甚至生命对我有什么用？我们正是为了那些人，才渴望所有这些东西，然而，他们却部署在战场，准备放弃其生命和财富……杀死了持国的儿子们，我能得到什么快乐？众生之主（Janārdana）？”

阿周那认为，任何通过一触即发的战争而获得的快乐，将被毗湿摩和所爱的其他人的死亡而玷污。当他发誓要开战时，他并没有为此讨价还价。本章结尾是全胜对阿周那崩溃的描述：

एवमुक्त्वार्जुनः सङ्ख्ये रथोपस्थ उपाविशत्।

विसृज्य सशरं चापं शोकसंविग्नमानसः ।। 1-47 ।।

Evamuktvārjunassaṅkhye rathopastha upāviśat

Visṛjiya saśaraṁ cāpaṁ śokasaṁvignamānasaḥ (I:47)

说完这些，阿周那将弓箭抛在战场中间，坐在战车上，心中充满了悲伤。

阿周那感到困惑，被悲伤所淹没，他看不到解决其问题的方案。他不能决定是撤退，还是前进。由于自己的匮乏，他没法抉择，但他相信克里希那将帮助他找到答案。这个答案就包含在《薄伽梵歌》的后续17个章节中。

第三章

寻求解决方案

《薄伽梵歌》第一章为阿周那的悲伤（Arjuna-viṣāda-yoga），现在，阿周那对其面对的情况看不清什么是正确的行动，即使他是一位从不临阵退缩的勇士，但当他看到战场两边都是自己亲人时，他发现不能宣战。阿周那深信战争将给双方造成破坏，从而使胜利毫无意义。他深知自己有责任使邪恶者受到惩罚，但在目前情况下，这个邪恶者是他自己的堂兄难敌，与难敌为伍的是许多阿周那的亲戚朋友。因此，在职责和人际关系之间存在冲突，在理性和情感之间存在困惑。

主克里希那的建议

《薄伽梵歌》第二章为数论瑜伽（Sāṅkhya-yoga），有关知识的章节——从全胜（战事评论者）开始：

तं तथा कृपयाविष्टमश्रुपूर्णाकुलेक्षणम् ।।
विषीदन्तमिदं वाक्यमुवाच मधुसूदनः ।। 2-1 ।।
Taṁ tathā kṛpayāviṣtamaśrupūrṇākuleṣaṇaṁ
viṣīdantamidaṁ vākyamuvāca madhusūdanaḥ (II:1)

कुतस्त्वा कश्मलमिदं विषमे समुपस्थितम् ।
अनार्यजुष्टमस्वर्ग्यमकीर्तिकरमर्जुन ।। 2-2 ।।
Kutastvā kaśmalamidaṁ viṣame samupasthitaṁ
Anāryajuṣṭamasvargyamakīrtikarmarjuna (II:2)

क्लैव्यं मा स्म गमः पार्थ नैतत्वय्युपपद्यते ।
क्षुद्रं हृदयदौर्बल्यं त्यक्त्वोत्तिष्ठ परन्तप ।। 2-3 ।।
Klaibyaṁ mā sma gamaḥ pārtha naitattvavyyupapadyate
Kṣudraṁ hṛdayadaurbalyaṁ tyaktvottiṣṭha parantapa (II:3)

阿周那被同情心所压倒，眼中饱含泪水，主克里希那对沮丧的阿周那说道："你的沮丧怎么来得如此不合时宜？这不是高贵者的行为。它不会把你带到天堂；只会给你带来坏名声。不要屈服于怯懦，哦，生于大地者（pārtha）；这不适合你。放弃这个心软的弱点，站起来，敌人摧毁者（parantapa）。"

在这几段中，克里希那只是提建议给阿周那，他尚未开始教导他，他用言词激将阿周那采取行动，阿周那不参战的决定可以解释为出于恐惧。克里希那想让他思考："在你的处境下，你应该采取行动，而非空谈，你也把我扯进来了。你现在所言并不反映出你的文化和教养，你的行为不会使你变成正法之士（ārya），言之必行的高尚之士。临阵退缩不会带给你名声或天堂。你如何得出参战是有罪的结论？什么构成罪，这是通过正法之典（Dharmaśastra）来裁定的，它认为一个临阵退缩的战士犯了罪，他在地球上的地位得不到改善，更谈不上去天堂了。

"如果你不在乎死后会发生什么，那么你是个苟且偷生的人，尽可能从尘世生活中获取更多，即使这样的行动于你并无裨益。一切你努力获得的名声，将因你的苟且偷生而使你声名狼藉。人人将非议你是一个临阵退缩的'伟大战士'，你将被嘲笑为怀着懦夫之心的'伟大弓箭手'。他们将遗忘你曾是强者，他们非议你的污言秽语，甚至说出来都会玷污我的舌头。"

अवाच्यवादांश्च बहून्वदिष्यन्ति तवाहिताः ।
निन्दन्तस्तव सामर्थ्यं ततो दुःखतरं नु किम् ।। 2-36 ।।

Avācyavādaṁśca bahūn vadiṣyanti tavāhitāḥ

Nindantastava sāmarthyaṁ tato duhkhatarṁ nu kim (II:36)

你的敌人会说出许多难以言表之事，来玷污你的勇气，还有什么比这更悲伤的呢？

克里希那继续为阿周那描绘了一幅暗淡的场景：“你可能想退隐到喜马拉雅的偏僻角落，听凭神或机缘赐予你食物，但是人们要到那里朝圣，他们认出你坐在一棵树下，他们会记起你是一个无用的家伙，一个胆小如鼠、没有骨气的生物。如果你是一个普通的士兵，除了你妻子以外，没人知道你临阵退缩；但如果你逃跑了，就不会那么简单了，你的整个军队都会跟随你，而难敌将在一箭未发的情况下赢得胜利。难敌这样的暴君会将此讯息传递给每个人：‘阿周那慑于我的军威而临阵退缩了，他并非出于同情心，而是出于恐惧。’

“所以，不要让怯懦压倒你，阿周那，那与你不相称。别人如此尚可以接受，但对你来说，一个般度族的王子，不要这样做。如果你逃避了你的职责，还有谁会执行它？在其位谋其政。抛弃懦弱之心，站起来，活出你的声威，般度之子，敌人毁灭者。不要辱没了你的名声或正法之名。”

阿周那发现的问题

克里希那的话搅动着阿周那的心，阿周那甚至不知道恐惧一词怎么写，他一生中从未惧怕过任何事情，他一直在正法下捍卫、坚守着自尊，却被讥讽为宦官（Klība）。阿周那受到刺痛，他说道：

“主啊，我不是你说的这样，你很清楚，我不是懦夫，我是勇士，勇士可以有同情心、依恋心和慈悲心。”阿周那试图向主克里希那表白。

कथं भीष्ममहं सङ्ख्ये द्रोणं च मधुसूदन।
इषुभिः प्रतियोत्स्यामि पूजार्हावरिसूदन ।। 2-4 ।।

Kathaṁ bhīṣmamahaṁ saṅkhye dronaṁ ca madhusūdana

Iṣubbiḥ pratiyotsyami pūjarhāvarisūdana (II:4)

哦，恶魔马杜的摧毁者（Madhusūdana），我怎么能在战斗中用箭射击毗湿摩和德罗纳这两位值得尊敬的人？哦，敌人摧毁者（Arisūdana）啊！

折磨阿周那的原因是清楚的：“这些人不仅仅是熟人或亲戚，他们是值得敬拜者（pūjārha）。他们是我坐在其膝下获得一切技能和知识的人，我怎么能攻击他们？我不能向他们射出利箭，相反，他们理应获得鲜花。你可能会问：‘在这场战争中，他们对攻击你存有任何疑虑吗？为什么你要如此心慈手软？’我只能说，让他们与难敌齐心协力攻击我，我宁愿被他们杀害，也不会举手反抗他们。”

有时，只要耐心倾听，人们就可以帮助他人解决问题。当那个人在说话的时候，听者必须思考，在这个过程中，混乱的想法可能会被理顺。当阿周那的思维模式改变的时候，克里希那正在仔细倾听。

गुरूनहत्वा हि महानुभावान्
श्रेयो भोक्तुं भैक्ष्यमपीह लोके ।। 2-5 ।।
Gurūnahatvā hi mahānubhāvān
Śreyo bhoktuṁ bhaikṣyamapīha loke (II:5)

在这个世界上，即使靠施舍活着，都比杀死那些值得尊重的老师强。

至此，阿周那始终被杀死毗湿摩、德罗纳和其他人的恐怖想法所笼罩，现在他开始考虑替代方案，他的想法转向隐居森林，过乞讨和追求真理的简单生活，依靠施舍来维持生命。

一个献身探索知识者，一般都会获得重视知识的社会的支持。在现代社会，科学家们的研究获得社会的资助和资源，据说，“你可能会／或可能不会发现任何东西，你的假设可能是错误的，不要紧，继续你的研究——这就足够了。”社会不会否认探索知识者，印度社会以这种方式支持托钵僧（bhikṣus）——那些奉献自己的生命探索自我知识者。

随着“我宁愿当托钵僧也不开战”的想法出现，一个新的思路在阿周那心中产生。我们都经历过思维模式的逆转，例如，一个压倒性的事件，比如朋友的死亡，可能会触发一连串的疑问：“这个人昨天还活着，他现在却死了，他的生命发生了什么？他只是肉身吗？抑或某些不同于肉身的东西离开了肉身，然后肉身就死亡了？有比此血肉之身更深刻、更持久的东西吗？这个人死了，撇下了一切，我亦将如此吗？我所有的想法和成就都是无意义的吗？如果结局是死亡，生命应该在抗争中度过吗？我一生中难道不能化解我的抗争吗？”这些问题是根本性的和普遍性的，产生于我们对自我的无知。

在战场紧张的局势下，阿周那开始玩味这个人类问题。面对至亲杀害或被杀害的可能性，他开始思考生命的深刻，关于人、“我的”事情、“我”等琐事，他告诉克里希那：

न हि प्रपश्यामि ममापनुद्याद्
यच्छोकमुच्छोषणमिन्द्रियाणाम् ।
Na hi prapaśyāmi mamāpanudyād
yacchokamucchoṣaṇamindriyāṇāṁ

अवाप्य भूमावसपत्नमृद्धं
राज्यं सुराणामपि चाधिपत्यम् ।। 2-8 ।।

Avāpya bhūmāvaspatnamṛddhaṁ
rājyaṁ surāṇāṁapi cādhipatyaṁ （II:8）

事实上，我看不出什么能够消除那使我感官枯萎的悲伤，即使我在这个世上获得一个无与伦比的繁荣王国，甚至对众神的统治权。

阿周那认识到通过获得财富或权力来解决“欲求自我”的根本问题是徒劳的。“即使王国获胜了，将有更多的王国被剥削。一个人怎么能说‘我已经获得了我想要的一切？’我看不出这些成就如何消除人心中芥蒂——那表达的或未表达的悲伤。‘我想要’的基调将会一直老调重弹。”

现在，阿周那的心智清晰了，他向克里希那寻求帮助：

कार्पण्यदोषोपहतस्वभावः
पृच्छामि त्वां धर्मसम्मूढचेताः ।
Kārpaṇyadoṣopahatasvabhāvaḥ
pṛcchāmi tvāṁ dharmasammūḍhacctāḥ

यच्छ्रेयः स्यान्निश्चितं ब्रूहि तन्मे
शिष्यस्तेऽहं शाधि मां त्वां प्रपन्नम् ।। 2-7।।
Yacchreyassyānniścitaṁ brūhi tanme

śiṣyaste’haṁ śādhi māṁ tvāṁ prapannaṁ (II:7)

我的本性被吝啬所污染，心智被正法所困惑，我恳请您开示我，什么是绝对好处。我是您的弟子，请教导我，我寻求您的庇护。

Kṛpaṇa在《大森林奥义书》（Bṛhadāraṇyak-Opaniṣad）中被定义为吝啬鬼，他离开这个世界却不了解关于自己的真相，因为他没有动用人类智力宝库来探究人类生命的目的。阿周那曾经听过这个词，他说：“我从未真正利用我的智力，我甚至不能区分正法和非法，何以谈及生命中最根本的知识？我并未了悟这一切，因为我一直在吝啬地使用我的智力，但现在我不会错过任何学习的机会。哦，主啊！请您作我的古鲁，我是您的弟子，臣服在您足下，请赐福我，教我终极好处（śreyas）。”克里希那是阿周那一生的朋友、他身边的哲学家和导师。现在应阿周那的请求，他决定成为阿周那的老师。

阿周那想知道的“终极好处”是什么？它是每个人寻求的共同目标——免于任何不适感，发现愉悦和完整的生命。“终极好处”不是通常诠释的仅仅“对自己有好处”，它是每个人有意无意寻求的终极好处。

“好处”是一个相对的词，今天是好处，明天可能不是。没有好药这类东西，好取决于疾病被治愈。同样，没有一个行动是绝对好的，要考虑到诸多因素后，个人才能决定在特定情况下采取什么行动是正确的，比如正法；什么行动是错误的，比如非法。在印度文化中，没有所谓绝对的行或不行，正法不是绝对的；有时，说真话（Satyam），或者不伤害（ahismsā），在为了获得整体好处的特殊情况下必须做出牺牲。正法的这种相对性，在描绘正法本质的故事集《往世书》（*Puraṇas*）中被阐明。在这个相对世界，没有绝对正确或绝对错误，正法感必须在个人内心成长，了悟正法之人会根据任何情况采取恰当的行动，就像一名好司机知道如何应对交通状况。

正法是相对的，“终极好处”是绝对的，它适用于每个人。我们寻求的对象和情境是不同的，但每个人希望从成就中获得的是相同的，我们希冀喜乐、圆满、解脱、俱足自我（Pūrṇa ātmā）、涅槃——所有这些意味着“满足的生命”“终极好处”。获此之人安于自我，安守自己分内之事。

一触即发的战争教会阿周那，在相对的世界里任何获得必涉及损失：通过战斗，他将获得王国，但将失去其家庭；逃离战场，他将拯救亲人，但将牺牲自己的名声和进入天堂的机会；而正法将失去捍卫者，从此没落。看到两种替代方案的局限性，阿周那意识到，他只想要“终极好处”——那绝对的获得，不能通过任何单纯的努力获得，不论多么英勇或正义。他意识到他需要一个古鲁，一个老师能够向他阐明“终极好处”是什么，以及如何获得。他恳求主克里希那成为他的古鲁。

梵文古鲁定义如下：

गुकारस्त्वन्धकारो वै रूकारस्तन्निवर्तकः ।

अन्धकारनिरोधित्वाद्गुरूरित्यभिधीयते ।।

Gukārastvandhakāro vai rukārastannivartakaḥ

Andhakāranirodhitvādgururityabhidhīyate

音节gu代表黑暗，ru是消除黑暗者，由于他消除黑暗，（老师）被称为古鲁。

这里黑暗代表无知，用知识之光驱散无知黑暗的人被称为古鲁。

假设由于房间黑暗，房间里有个物体无法被看到。如果我把灯光带进房间里，那么，我就看到了该物体，灯光让我看到了一直在那里的东西；通过消除我的无知，我获得了一直在那里的东西。这就是“终极好处”如何被获得的过程，这是阿周那向克里希那寻求的知识。

阿周那发现克里希那就是自己的古鲁，他向他臣服，请求开示“终极好处”的知识。克里希那接受阿周那作为自己的弟子，他有关解决人类根本问题的教导，也帮助阿周那解决他自己的问题。

第四章

三个局限

每个人都寻求摆脱匮乏感，此自由被称为“终极好处”（śreyas），阿周那想获得“终极好处”，为此他成为克里希那的弟子。

悲伤没有缘由

克里希那以极令人欣慰的陈述开始其教导：

अशोच्यानन्वशोचस्त्वं प्रज्ञावादांश्च भाषसे ।
गतासूनगतासूंश्च नानुशोचन्ति पण्डिताः ।। 2-11 ।।
Aśocyānanvaśocastvaṁ prajñāvādāṁśca bhāṣase
Gatāsūnagatāsūṁśca nānuśocanti paṇḍitāḥ (II:11)
你为那不值得悲伤者悲伤，尽管你说着智慧的话。智者既不为生者悲伤，亦不为逝者悲伤。

这是第二章的第十一段，先前的段落描述了阿周那的冲突，他对人类问题的分析，以及对财富和权力不感兴趣，他转向克里希那寻求解决方案。这段是克里希那教导的第一段，因此也被视作《薄伽梵歌》的第一段。室利·商羯罗大师（Śrī Śaṅkarācārya）用这段开始他对《薄伽梵歌》的注释。

克里希那明确表示悲伤没有缘由，虽然个人有时感到悲伤，但是克里希那将悲伤视作入侵者，就像入侵人体系统的细菌一样。人们不能忍受眼睛里有沙子，或细菌存在胃里，身体系统不容忍任何外来异物，它们必须被驱逐。悲伤也是无法容忍的，这表明悲伤与个人的真正本性相矛盾，这似乎是一个大胆的声明。人们不想要悲伤，只想寻求快乐，免于悲伤，这难道不是真的吗？正如病人首先要摆脱疾病，然后才能追求愉悦，人们渴望免除悲伤，然后寻求快乐的存在，因为悲伤有悖于人之本性。

人类的局限

每个人皆受到局限感的煎熬，却没人接受局限性，因为人作为局限存在是不会快乐的。通过分析，我们可以确定三种局限：

第一种是悲伤的局限，有时我们的悲伤令人悲恸，有时只是无人动容的悲伤，但是悲伤的基础、感觉“我的一切都不好”永远存在。人心受制于悲伤是没人愿意接受的局限。

我们感到的另一种局限就是时间。没有人想今天就死，每个人都想多活一天。动物和植物也具有这种对生命的眷念，即使树弯曲，也是朝向太阳生长。只有当我们发现这个世界不再给予我们快乐时，我们才想放弃它；如果一个人健康快乐，他或她想要继续活着。也许这种不倦的眷念有各种表现形式，比如渴望生一个儿子或女儿，或是敦促人们将其名字镌刻在石头上，没有人想无“迹”而终。

我们知道人皆有一死，但我们至少今天要活着。今天活着的愿望即是永恒的愿望，我们不想承认我们是凡胎肉身，即使我们很清楚出生和死亡已被注定在时间沙漏上。死亡，时间的局限，是我们不能忍受的第二种局限。

人类遭受的第三种局限是无知。如果一个人未曾就读于学校或培训机构，他或她至少会站在窗前看看街上发生了什么，这种行为是我们对知识天生热爱的表现。我们不能忍受无知，我们总是想知道更多的东西。

如果你审视所有追求，前进（pravṛtti）或后退（nivṛtti），你会发现，你一直在努力克服这三种局限。你貌似得出结论，你是悲伤的、凡胎肉身的、无知的。你寻求更多的安全性和更多东西，让你过得舒适些，你的大部分时间都花在追求使你高兴的事情上，让悲伤不存在；你生命的另一部分在寻求使你多活一天的东西，你做运动或服用维生素和蛋白质，想要活得更久些；你生命的第三部分用来收集知识，对于某些人比如科学家来说，他们将获得知识作为生活中最重要的目标，这是最主要的追求，每个人都将自己的一部分时间用于学习，早晨阅读报纸是追求知识使然，阅读《薄伽梵歌》是渴望摆脱自己的不足。因此，我们的所有追求不外乎三件事情：即摆脱悲伤、死亡和无知。

不合理的问题

主说，这三种局限都是不合理的，也就是说，三者都不是导致任何悲伤的东西（aśocya），一个问题只有当它是合理的，才可以得到解决。如果你在路上看到一条蛇，你可以选择避开它，或撵走它，这样你就可以继续赶路。遇到蛇是合理的问题，可以通过上述行动来解决。但是，如果那个问题在你心里挥之不去是不合理的，你怎能通过一个行动来解决呢？让我们用富有想象力的心智来思考一根绳索被误当作蛇的著名例子。不合理指的是，想到和看到蛇的恐惧不能通过殴打蛇，或扔石头，或祈祷，或鼓掌来消除。蛇及其所造成的惊吓只有当人们认识到事实上并没有蛇的时候才会消除，当看清那是绳子时，问题就得到解决，恐惧就会消除。在这种情况下，人们解决问题并非靠行动，而是靠知识。一的问题可以通过行动来解决，但是不合理的问题只能通过认清它是不合理的来解决。

如果我能让你看清一个特定问题并非真实存在，我就使你就此解脱了。认清悲伤、时间和无知的局限性并非真正存在的知识，使你摆脱这些局限的知识被称为数论哲学（sāṅkhya），它是由吠檀多展开的。这个知识是《薄伽梵歌》第二章的主题，随后的章节将讨论相同或相关的主题。

不合理的寻找

克里希那关于阿周那的问题是不合理的陈述找到了一条新的探究线索。如果阿周那的情形不能称为悲伤，为什么他还感到悲伤？阿周那被悲伤的情形所触动，所以他悲伤；但悲伤真的能触动我们吗？我们安慰一个丧亲者，因为我们认为那人不应该沉溺于悲伤中，我们不希望悲伤降临到我们或者他人身上，因为我们认识到悲伤是有悖于我们本性的外物。另一方面，我们不安慰一个快乐者，相反，我们祝贺他或她的快乐，我们认为快乐是我们的本性。

如果悲伤不是你的真正部分，快乐对你而言是自然的，那么，你为什么在自身以外寻找快乐呢？你寻找，因为你不知道你是谁，就像一个人寻找丢失的钥匙，只能在自己的口袋里找到它，你丢失的快乐是我们自己的本性，你却在四处寻找它。

一个来自印度小村庄的人从镇集买回五头驴，由于他的村子很远，他决定骑着一头最壮实的驴走在前头，让其余四头驴尾随其后。当他快到家时，他想确认所有五头驴仍然跟在他身后，他回头开始数数，发现只有四头驴，他责备自己在路上没有小心看管这些驴，沮丧地回到家里。他从驴背上下来，告诉前来迎接他的妻子说："我感到很伤心，我买了五头驴，但不知怎的，在路上走丢了一头。"妻子看着他，说道："你说得对，不是五头驴，是六头驴！"同样的，一件你所拥有的东西，你却不认识它，你断然否认它，然后又去寻找它，这样的寻找是不合理的寻找，只能通过认清那个东西实际上一直与你同在才能得以解决。

因此，克里希那告诉阿周那他所寻求的东西并不存在。"你想要摆脱悲伤、死亡和无知的局限，因为你不知道你已经获得了这个自由，就像已经消除想象中的蛇，你不需要做任何事情去驱逐蛇，因为它从未存在，事实上存在的只是绳索，而绳索吓不倒你。"

相对的我

无知是人类问题的本质。困惑是普遍的，因为无知普遍的。每个人皆生于无知，当你出生时，你甚至不认识你的父亲或母亲。当你的感觉器官开始运作时，你就开始学习知识，消除无知，这个过程将在许多老师——父亲、母亲、祖母、导师等人的帮助下，在你的一生中持续下去。但是，在你所有的学习中，你通过什么来消除对自己的无知？

一个简单的问题将帮助你认识到，其实你并不知道你真的是谁。你给我们描绘某个你日常生活和经历中的人，那个人是谁？描述你的一天，你可能会说："早上起床，我洗了澡，我吃了早餐，我去了办公室，我吃了午饭，我离开了办公室，我回家了，我睡觉了。"一个"我"做了所有这些各种活动，你真的知道这个"我"吗？

每一种经历都涉及你——经历者。当你经历各种体验，虽然在所有经历中你皆是同一个人，但是对于其他不同人而言，你表现出不同的自己。例如，对于你的父亲而言，你是儿子；对于你的儿子而言，你是父亲；对于你的妻子而言，你是丈夫；对于你的朋友而言，你是朋友；对于你的老板而言，你是员工。当你与不同人相关时，你担当一个适当的、相关的角色。

关系不仅与我们遇到的人有关，而且与物体、情况和事件有关。你不会与所有对象拥有相同关系，即使是同一个对象，因为你在不同时间采取不同行动。某天，你看着太阳升起，你感到开心；但是第二天相同的日出并不使你感到兴奋——你只想回去睡个回笼觉，虽然太阳升起了，你必须起床打理你的日常生活。生活中没有什么东西让你说“我永远喜欢这样”。那个喜欢的人是相对的，那个不喜欢的人也是相对的，因此，沮丧的我、快乐的我、无聊的我——全都只是与“我”相对。那么，你从根本上是谁？你是谁？撇开任何快乐、沮丧、愤怒、绝望、无聊的精神状态，你是谁？

当你年轻时，曾有一个“我”说“我是十岁的孩子”，然后你成了一个少年，然后成年，然后到中年，现在你已经老了。在所有这些身体状况下，我是一样的，身体不断变化，但你不是孩子，也不是成年人，你不是那个可以改变的身体。克里希那说：

देहिनोऽस्मिन्यथा देहे कौमारं यौवनं जरा ।
तथा देहान्तरप्राप्तिर्धीरस्तत्र न मुह्यति ।। 2-13 ।।
Dehino'smin yathā dehe kaumāraṁ yauvanaṁ jarā
Tathā dehāntaraprāptirdhīrastatra na muhayati (II:13)

正如（自我）居于此身体里，必须经历童年、青年和老年，（在死后）将进入另一个身体，智者不会为此悲伤。

克里希那说：“这个身体在童年、青年和老年只被一个‘我’占据。你所视作的自己——男孩、青年、叔叔、表兄——那个‘我’是相同的。所有这些生活中的角色，就像舞台上的演员一样，演员可能穿各种服装出场，但你根据他的脸而认出他。在这个肉身里，有一个‘我’担当着男孩、青年和成年人的角色——一个‘我’就是所有经历的核心，扮演不同的角色。那个核心是谁？”

假设在一部戏剧中，一个演员扮演国王的角色，另一个演员扮演乞丐的角色。在扮演角色的时候，假设第一个演员认为他真的是国王，忽视这个剧本，在舞台上占据王位，拒绝退场；第二个演员认为他真的是乞丐，出去乞讨或退出舞台，完全忘记了在演戏。如果他们皆认为自己真是这个角色，两者都不能扮演那个角色。一个人知道他在扮演角色，他想扮演这个角色多久都没有问题，一个人扮演乞丐或是国王的角色并不重要——两个角色得到的报酬一样好。只有当一个人忘记了他在扮演角色，将这个角色当成自己才会出现问题。如果一个演员将角色当成自己，这场戏就会变得一团糟。

这是根本问题的根源，你担当一些角色，忘记了所扮演的每个角色的核心，那个核心是谁？撇开所有角色，我是谁？如果我不能回答这个问题，我就面对一个严重的问题：我不知道那个扮演了所有角色的核心是谁。要回答“我是谁”这个问题，我必须了悟那个核心，那个根本的“我”。

我的本质

我看到天空，它是我感知的对象；我看到星星，它们是我感知的对象；我看见你，你是我感知的对象。我不仅感知形式，还感知到声音、气味、味道，所有这些都是我感知的对象。是自我，那个核心感知所有这些。它是感知的另一个对象呢，或它是主体？它是主体，任何其他事物皆成为其感知的对象。

我是认知世界的主体，我所认知的一切皆是客体，客体的知者是不同于客体的。因此，我不是客体，我不是所认知的任何事物。我可能认为客体是“我的”，但我从未把它们当成“我”。我可以说“这是我的书，我的手表，我的孩子”，但是不会把这些都当作我自己。那个根本的“我”的实相，那个看见整个世界的核心，克里希那在《薄伽梵歌》中教导阿周那，个人通过了悟这个“我”而获得自由被称为“终极好处”。

第五章

我是谁?

任何形式的无知都不会自行消除，要消除无知必须获得知识，利用知识的有效手段。如果我对自我无知，想知道我是谁，我必须找到某些能够使我认知我自己的知识手段。

言语可以揭示已知和未知的对象，因此它是有效的知识手段，通过言语获得的知识可以是直接或间接的。对于一个遥不可及的对象，描述性的言语可以传达间接的知识，这些知识必须随后被验证（当对象可及时）——通过另一种知识手段，例如感知。

当一个对象与你同在时，你不能认识它，言语可以带来它的直接知识。当你遇到一个十年未谋面的朋友时，你也许不能认出他，但是当他自我介绍时，这个认知是直接和立刻的。克里希那用言语来传达核心的直接知识，而这些因在生活中扮演着诸多角色而未被认知。

为什么你对自己无知？

你无法在任何这三种经历中认知自己：在深度睡眠中，你绝对没有机会认知自己或世上任何事物；在清醒时和在梦中，你不断地转化角色，所以在学校，在家里或在工作的地方，你只会认知相对的自己，没有机会认知根本的我，你继续对自己无知，这种无知是普遍的。

为了获得自我知识，我们必须像阿周那一样被教导。在这个教导的帮助下，我们开始质疑这个问题："我是谁？"

你所认知的一切都是客体，你是主体。在造物中只有两种东西：客体（kṣetra）、主体（kṣetrajña）——认知客体者。这个概念在《薄伽梵歌》的第十三章中有详细的讨论，也在第二章中展开。

你是身体吗？

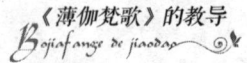

我们知道客体不是我，因为我们对它们没有任何"我"的感觉。但是，如果有人碰到你的身体，你会说"我被碰到了"——你确实对身体有"我"的感觉。因此，你得出结论，我，主体，是这个身体。如果身体高，我是高的；如果身材矮，我是矮的；黑，我是黑的；苗条，我是苗条的；胖，我是胖的。超过我的头顶以上，鼻子尖以外，我不存在。由于我将身体等同于我自己，我得出结论：所有属于身体的局限也是我的局限，我是凡人，就是一个自然而然的结论。当身体出生时，我出生了；当它逝去时，我逝去了。这个结论并非如你所想的那样有确实根据，事实上，它是你所有问题的根源。

由此开始真正的质疑，我们探索身体是自我这个概念，并证明其虚伪。知者是主体“我”，任何认知的东西是客体，这个问题被提及：“这个身体知道与否？”当一个人说“我很高”时，这个“高”，身体知道与否？如果身体不知道，那么说话者不能说“我很高”；如果身体知道，而身体只是一个客体，那么身体不是主体“我”。

当你看到一座高大的建筑，你知道你与建筑不同，因为见者总是不同于所见对象，知者总是不同于所认知的对象。这个身体是你感知的对象，你认知这个身体，就像你认知任何其他身体一样，你不能因此成为身体（你认知的对象），你肯定是某个不同于身体者，即使你与身体相关。如果你，主体，不是身体，那么你是谁?

你是感觉器官吗?

你可能会说你是感觉器官，感知的器官。通过它们你听到、看到、尝到和闻到世上的东西。一个人可能说："因为我的眼睛明亮，我是明亮的；如果我的眼睛是瞎的，那么，我是瞎的；如果我的眼睛是呆滞的，那么，我是呆滞的。所以我是眼睛。"难道你不是眼睛的知者吗？你认识到眼睛的状况，主体，知者，必须不同于认知的对象（感觉器官）。你可以正确地说你是聋耳、瞎眼或塞鼻的知者，但你不是聋耳、瞎眼或塞鼻。

假如你不是感觉器官，你是谁？知者是谁？

你是心吗？

你可能会认为"我是心"。确实，你用心来操控感觉器官，收集经验，如果心不在那里，那么，感觉器官不能让你看到、听到或尝到。如果心不安，你就会心烦意乱；如果心安静，你就安静下来；如果心伤心，你就伤心；如果心生气，你就生气。没有人说："我的心不安，但我很好。"

你说你不安，因为你将烦躁不安的精神状态当作你自己。但你知道不安的心是你认知的一个对象，而你，知者，是不同于它的。所以你不是心。

那么，你是谁？

你是智力吗?

你不能以你的职业命名自己“我是律师”，你没有一出生就是律师，你去到学校学习，然后成为一名律师，你因为自己的智力而成为律师，你认知法律，就像你认知心智及其状况一样。你是知者，而不是你所认知的对象。

你也不是记忆，记忆也是被你（觉知记忆者）收集及回忆的。你不能说“我是古普塔”，因为它是给你起的名字，以便于记录，甚至你的朋友会用不同名字来称呼你，他们改变对你的称呼，但并不会改变你，你是不同名称的同一个人。

问题还在“你是谁？”

也许你会说：“既然我不是身体、感觉器官、情绪或知识，当一切认知不存在时，我一定是在深度睡眠中获得的纯粹无知。”《吠陀经》说在睡眠中“盲人不再是盲目的（Andhah anandho bhavati）”。谁也看不到，意识不到自己不是盲目的，在深睡眠状态下，不论眼睛能看见的人，还是瞎子，他们都意识不到自己眼睛的状态，但在早晨，每个人都会醒来说：“我睡得很好。”那个说“我睡得很好”的“我”必定始终存在，即便世上所认知的一切不存在。由于认知不存在，而你仍然存在，你可能得出结论：“我是无物，我是无知。”

但是，如果你是那个无知，你不能说“我睡得很好”，这意味着你至少知道你在哪里。如果我问：“你懂中文吗？”你会说，“我知道我不懂”。你知道你不知道，你也知道你无知的事实，你不能因此成为无知。

你是意识

通过质疑，你可以得出结论：你肯定不同于身体、感觉器官、心智、知识、记忆和无知。你不是任何相对的角色，比如父亲、儿子等，因为扮演某个特定的角色，你必须停止扮演别的角色。因此，你与所有这些不同，你不是任何你自以为是的东西。

现在你肯定地说：“我是一个意识到我的无知、我的知识、我的记忆、我的情绪、我的饥饿、我的感觉器官和我的身体者。我所听到、看到、闻到、尝到或触摸到的一切都是客体，我是主体，意识存在，意识到所有的客体，包括身体和心智。”

你总是意识存在呢，或只有涉及你所意识到的事物时，你才是意识存在？就像你是见者，与所见到的对象相关，一个听者与所听到的声音相关，一个品尝者与所尝到的东西相关，你是意识的存在，只有涉及你所意识到的对象时。没有参照对象，只涉及你自己，你是意识存在的内容，意识存在的本质，这个本质只能是意识。

该意识，我，是无限的，非二元的。任何客体皆可能受到时间、空间或其他客体的限制；而意识，我，不是一个客体，因此没有维度、没有形状、没有局限，因此它是无限的，它是非二元的。汝即无限，这就是数论哲学（sāṅkhya）、《薄伽梵歌》教导的知识。它既不是知性的知识，也不是我们提出的逻辑理论，而是一个有效的知识手段，它使你看到你之实相。没有理论或练习让你睁开眼睛看到一个客体。在这种情况下，老师运用逻辑使你看到你之实相，所教导的是合乎逻辑的，汝即无限，既非建立在纯粹逻辑上的推测，亦非概念。

那么，我，那个老师所讲的就是意识，借由它每个人才意识到客体。意识可以没有形式，如果它有形式的话，它对于第二个意识将是可见的客体；如果第二个意识是客体的话，将被第三个意识看到，如此等等，这将把我们导向无限循环的逻辑荒谬。我，意识，是无形的。对于我来说，不存在伟大或渺小的问题，因为我没有任何形式，所以我不受空间限制。《薄伽梵歌》说："这个'自我'是无处不在的（Ayam sarvagatah）。"一切都皆存在于无限的意识中，我是意识，你是意识，难道我们不是一？在你——意识以及我——意识之间，难道有分别吗？没有第二个意识。

意识是无限的

想想月球，如果我问月球和你之间的距离，你可以回答一定数量的里程。如果我问“月球与空间之间距离多少？”那么，你的答案是：月球和空间之间没有距离，因为月球存在于空间之中，而空间是存在于月球内外的。距离本身是空间中两个物体之间的距离，但在空间和空间之间没有距离。

同样，太阳、天空、星星都存在于意识之中；你的身体存在于意识之中；空间存在于意识之中，没有距离。你是意识，在意识中是星星在上的，在意识与星星之间没有距离。你是意识，他是意识，她是意识，我是意识，有多少意识？只有一个无所不在的意识，一切客体均存在其中。

而这种意识不会受到时间限制，因为我，意识，意识到时间。任何诞生于时间里的事物都会在时间内消失；而意识——时间的基础，超越了时间的范畴。此外，因为意识是无形的，它不能被化整为零而消失。最后，一个客体可以被摧毁，而意识是主体，一切的基础，因此，一切破坏都不能摧毁我——意识。

克里希那说:

नैनं छिदन्ति शस्त्राणि नैनं दहति पावकः ।
न चैनं क्लेदयन्त्यापो न शोषयति मारूतः ।। 2-23 ।।
Nainaṁ chindanti śastrāṇi nainaṁ dahati pāvakaḥ
Na caīnaṁ kledayantyāpo na śoṣayati mārutaḥ(II:23)

अच्छेद्योऽयमदाह्योऽयमक्लेद्योऽशोष्य एव च ।
नित्यः सर्वगतः स्थाणुरचलोऽयं सनातनः ।। 2-24 ।।
Achedyo'yamadāhyo'yamakledyo' śoṣya eva ca
Nityassarvagatassthāṇuracalo'yaṁ'sanātanaḥ(II:24)

武器不能劈开它，火不能焚烧它，水不能淋湿它，甚至风不能吹干它。它不是可以劈开、焚烧、淋湿、风干的主体。它超越时间，无所不在，不可移动，不会改变。

在睡眠中，既不存在时间和空间，也不存在使世界客观化的心智。但我存在并经历醒来、做梦和睡眠。所以我不受空间或时间的限制，我无所不在（sarvagata），不受时间的限制（nitya）。

在意识里是空间和时间，在时空里是整个造物。所以我没有任何限制。克里希那谈到意识时说:

अव्यक्तोऽयमचिन्त्योऽयमविकार्योऽयमुच्यते ।
तस्माद्देवं विदित्वैनं नानुशोचितुमर्हसि ।। 2-24 ।।

Avyakto’yamacintyo’yamavikāryo’yamucyate
Tasmādevaṁ viditvainaṁ nānuśocitumarhasi(II:25)

这是不显现（不能被感知），不可思议（作为个人思考的对象），也不受制于突变（因为它不出生）。因此，知道意识如此，你就没有理由悲伤。

如果个人将自己当成身体，悲伤的理由是无数的，因为身体有无数的局限性。它不能像鸟一样飞，它没有狗的嗅觉、蝙蝠的声纳系统，因此它是有局限的。你未获得和已失去的东西数以百万，这足以让你拉长脸。所有这一切皆归咎于错误的结论，即“我是身体，我是凡人”。

你对死亡的恐惧是不合理的，因为你不受时间或空间的限制；你是意识，在你之内蕴藏着时间和空间的概念。你觉得你是无知的也是不合理的，因为你是意识，所有形式的知识存在其中。你所感到的任何悲伤是没有缘由的，因为你是俱足而完整的，你是无限的。因此，克里希那对阿周那说：“你对不值得悲伤的事情感到悲伤。”

第六章

你即快乐

在第二章中，克里希那开始教导阿周那数论哲学——“自我”的知识。“自我”，阿特曼（ātmā）不受任何形式的限制，由于个人未意识到其无限，它被错误地感知。个人将自己视作局限于时空的生命，知识有限，受到悲伤的限制，这些局限感是每个人天生的。我们皆通过行动来摆脱限制，生活的一切努力皆是这个错误结论（即个人是有限的）的表现。克里希那知道阿周那也认为自己是有限的，于是他向阿周那传授消除该错误的知识。

局限不是真的

你得出结论，你是凡人，你是无知的、悲伤的，因为你把自己当成别人，而非真正的自己。如果你天生是有限的，你不会努力对抗局限，因为生性如此，生性就会接受。你对抗死亡、悲伤和无知的事实表明，这些是不可接受的，因为它们有悖于你的本性，你不是凡人，你不是你的身体。

你的身体是你认知的一个对象，称这个对象为“我”是一个错误。在这个城市数以千万计的房子里，你和所谓“你自己的房子”有特定关系；同样的，你与所谓“你的特定身体”有特定关系，你于是得出结论：你是身体。然而，这就像你得出结论——你是房子一样——是错误的。

你感知你的身体，同样的，你感知饥饿、口渴、思想、知识、回忆、心智（安宁或不安）、无知，它们是你意识的对象，你是知者，不同于任何认知对象，你的本性是纯粹的意识（Cit）。

意识的本质

这个我，意识，没有形式，它不局限于这里或其他地方，就像空间没有内外，意识亦无内外。在空间里，位置的所有描述只是相对的，你可以说，以房间墙壁为界考虑，你在屋内，其他人在屋外；现在，如果你从空间角度上考虑的话，你会说：你、其他人、墙壁本身、行星，事实上整个宇宙，都处于空间之内。同样，所有认知的对象（包括自己的身体）都在意识之内。一个客体可能超越你的思想，但它不能超越意识的范围，你错把思想当成意识，并得出结论：当你想到一个客体时，因其存在于你的思想中，故它存在于意识中。借由将个人关注从思想转移到意识，可证明这个不幸的结论是错误的。从这个角度来看，个人认识到客体、思想者和思想皆存在于一个不可分割的意识中。

时间只存在于意识中。在睡觉或开心的时刻，你意识不到时间，时间消融的刹那即是不朽永恒。人们通常将永恒的东西称为永久存在的东西，但永恒不可能是一段时间，因为时间不包括永恒。一座山可能已经存在了很长时间，但它不是永恒的，因为你可以看到时间对它的影响。任何存在于时间内的事物都必定经历变化，永恒只能是不受时间影响的东西。意识是时空概念的基础，时间来了又去，意识永远存在。我——意识超越时间，故不会死亡。因此，克里希那说，杀戮或导致他人被杀戮是完全无关紧要的。

वेदाविनाशिनं नित्यं य एनमजमव्ययम् ।। 2-21 ।।

Vedāvināśinaṁ nityaṁ ya enamajamavyayaṁ (II:21)

那人知道该自我是坚不可摧的、永恒的、未出生的、不会衰退的。

意识没有时间，因为它既不出生亦不死亡，它始终是每个思想的基础，在思想诞生之前，就有意识存在；当思想存在时，意识也存在；即使思想消失了，意识仍然存在。下面举例使之易于理解。在波浪诞生之前，就有水；只要波浪存在，水也存在；即使波浪消失了，水依然存在；波浪仅仅消融自己于水中。以同样的方式，思想出现、存在，并消融自己于意识中。

时空框架存在于意识中，意识不能来了又走，因为它超越时间，它总是存在。所以Cit（意识）被称为Sat（存在）。我、意识，在时空中没有界分，没有一切限制。

消除局限的概念

现在清楚的是，任何局限感基于身体为界定的错误观念。你不能为你的死亡哭泣，因为你是意识，不受时间约束。你不能为你的无知哭泣，因为你是意识，一切知识存在其中。你的身体不能限制你，你的心智和感官不限制你。客体（比如海洋、星星、天空，或者他人脸上的嘲笑）不能限制你，因为所有这些都是你意识的对象。你只受到"你是身体"概念的限制，一个概念导致你去作为，以便使你变得无限。

由于无知是问题，因此，解决方案在于认知，而非作为。只有阿特曼是无限的，而你对此感到困惑。你不会，也无须找到另一个"自我"。这种困惑通过教导来消除，教导消除了你对"自我"的无知，消除这种无知的是数论哲学。

一个新问题

现在可能出现一个新问题，你可能会说：尽管听说“‘自我’是无限的意识”，仍然觉得自我有限，而且更难过，因为你知道“自我”是超越悲伤的。“自我”知识似乎只会强化你的悲伤感，你似乎不享受该无限性（据说那是你的本性）。要解决这个新问题，首先要分析快乐的本质。

人的状态

快乐（Sukha）和悲伤（Duhkha）在任何人的生活中不可预知地来了又走，悲伤比快乐更长久。每个人都会时常拾起快乐，即使最不幸的人在闹剧笑话中也无奈地笑起来，那一瞬间获得了一次快乐，它使人继续往前走，因为它给予未来会更幸福的希望；否则，人（无希望）就会自杀。我们应该到何处寻找更多的快乐呢?

快乐是一个物体吗?

在世上无数物体中，有无谓之快乐的物体？你可以给某人一份甜点而使他或她快乐，但你不能说那个物体就是快乐。对于自然疗法而言，喝一杯半熟的、无盐的苦瓜汁是快乐，但对于其他人来说，没有比这更苦的了。对于喜爱高糖食物的人来说，吃甜腻的点心是快乐，但对于不喜欢这种食物的人来说，这只会导致消化不良。没有特定的物体可以称为快乐，因为没有一个物体能为每个人供给快乐。

你也不会说快乐是物体的一种特质，就像颜色是莲花的特质。没有物体以快乐作为其特质，因为如果这样的物体存在，那么每个人拥有这个物体就会变得快乐。糖或盐对每个人都是一样的，但不会给予所有人相同的快乐滋味。

然而，人们似乎从与物体的接触中获取快乐，如果快乐不存在于物体，那么它在哪里?

快乐在我之内吗?

如果快乐存在于你之内，那它存在于你的肝脏、肠道、心脏、肾脏或胰腺中吗?当然，认为这些内脏器官是快乐，或者它们分泌快乐是荒谬的。你的感觉器官也不是快乐之源，如果它们是，你应该总是快乐的，因为这些器官总是存在于你体内。也不能说思想是快乐之源，因为思想通常是极度悲伤之源。

你即快乐

如果快乐既不存在于你之内，也不存在于你之外，它存在于哪里?只有一种可能性："自我"（借由它，你意识到你的身体、你的情绪、你的想法和世上所有客体）必是快乐之源。

如果你即快乐，为什么只有当你接触某些人、情况或物体时，你似乎才变得快乐？如果你分析在快乐的特定时刻发生了什么，你会发现，你与喜欢的任何事物的接触都会让你感到高兴。当你渴望某个东西时，心是不安的；当获得渴望的东西时，不安化解，心得到满足；你发现快乐存在于这个满足的、愉悦的心里，不存在于任何物体里。那个使你开心的人、情境和物体，是你所钟爱的。不是所有的物体都可以做到这点，由于我们的背景、价值观和教养，只有某些物体和个人才能使你快乐。但是，你所感到的快乐从不源于物体或人，不论他们可能有多亲爱。快乐只存在于满足的心里，一个无欲求的心里，因为“自我”是快乐之源。当你看到美丽的东西，或听到令人愉快的歌曲时，你所感到的快乐就是自我本性的表达——无限快乐（你之所是）的一个火花。

睡眠，一种快乐状态

睡眠的经历证实，你的本性确实是快乐。每个人都喜欢睡觉，不愿起床，因为睡眠是一种愉快的经历，不必承担白天做事的负担。在睡眠中完全没有悲伤，因为所有的差异都在睡眠之下化解，所有形式的二元性消失，国王的睡眠和乞丐的睡眠没有区别。在完全没有其他外境的情况下，你与自己同在，你体验的快乐就是你自己。

快乐就是无欲

当你的心智不再有任何欲求的时候，你是快乐的。在一个愿望实现与下一个愿望出现的空当，你是快乐的。你为什么在沐浴时唱歌？你如此做不是为了取悦自己或他人，你如此做只是因为你很快乐。那时候，心智并不渴望任何东西，所有的窗户关上，你在外人面前戴的面具，随着你脱下衣服而褪下——你与自己同在，你的歌声是憩息于“自我”的心智表达的快乐。

一个人了悟“自我”是一切快乐之源，将不受任何欲望的束缚。在第二章的最后一节，克里希那向阿周那描述这样的人时说道：

प्रजहाति यदा कामान्सर्वान्पार्थ मनोगतान् ।
आत्मन्येवात्मना तुष्टः स्थितप्रज्ञस्तदोच्यते ।। 2-55 ।।
Prajahāti yadā kāmānsarvānpārtha manogatān
Atmanyevātmanā tuṣṭaḥ sthitaprjñastadocyate(II:55)
当一个人完全弃绝一切被心智所吸引的欲望时，借由“自我”，满足于“自我”中，那个人即是稳定智慧者。

就像火是热的，不因任何原因，而是本性使然；智者不因任何理由而快乐，皆因快乐是其本性。由于智者了悟“自我”是快乐之源，他不需要任何东西，借此知识，他弃绝了一切欲望。

涟漪或碎浪都不能提升海洋的伟大，两者皆是海洋伟大的瞬间表现。即使这些形式消失，海洋仍然不受影响。当你获得渴望的物体时，你所体验到的快乐就像海洋里的波浪，这只是你自性快乐的瞬间表现；而当其结束时，你本有的俱足、快乐保持不变。认知“自我”是存在–意识–喜乐（Sat-cit-ānanda）的人是智者，那个人牢固根植于智慧（Sthitaprajña）之中。

在后来的经文中，智者被比作河流汇入的海洋。

आपूर्यमाणमचलप्रतिष्ठं
समुद्रमापः प्रविशन्ति यद्वत् ।
तद्वत्कामा यं प्रविशन्ति सर्वे
स शान्तिमाप्नोति न कामकामी ।। 2-70 ।।
Āpūryamāṇamacalapratiṣṭhaṁ
samudramāpaḥ praviśanti yadvat
tadvtkāmā yaṁ praviśanti sarve
sa śāntimāpnoti na kāmakāmī (II:70)

一切欲望进入他，犹如江河汇入充盈不变的大海，他获得平静，而贪欲者则不能。

海洋依然如故，它不因河流汇入而发洪水，也不因河流断流而枯竭，海洋不依赖任何其他水源，一切水皆源自海洋。

像海洋一样，智者的心永远圆满俱足。无论世界是否在乎他，无论他是否得到想要的东西，他都快乐，他的圆满俱足并不取决于任何事物的来去。相比之下，一个为了快乐而依靠外物者，将会为他或她得到的东西而欢欣鼓舞，得不到它就会郁闷。这个人就像一个池塘，如果不下雨就干涸，而骤雨将使其涨满溢出。

克里希那继续描述智者，说道：

विहाय कामान्यः सर्वान्पुमांश्चरति निःस्पृहः ।

निर्ममो निरहंकारः स शान्तिमधिगच्छति ।। 2-71 ।।

Vihāya kāmānyassarvān puṁāṁścarati nissprhaḥ

Nirmamo nirahaṅkāraḥ sa śāntimadhigacchati (II:71)

摒弃了一切欲望，没有执着，没有“我”或“我的”念头，这样的人达到平静。

智者不会为了快乐而依赖任何事物，因此他居于俗世而无恐惧、无执着，就像空气一样自由。这样的人可以出入任何情境而无任何问题，克里希那本人就是这样的，他总是在笑，参与所有事件，却不身陷其中。

克里希那继续说道：

एषा ब्राह्मी स्थितिः पार्थ नैनां प्राप्य विमुह्यति ।
स्थित्वास्यामन्तकालेऽपि ब्रह्मनिर्वाणमृच्छति ।। 2-72 ।।
Eṣā brāhmī sthitiḥ pārtha naināṃ prāpya vīmuhyati
Sthitvāsyāmantakāle'pi brahmanirvāṇamṛchhati (II:72)

达到这个梵的境界（无限），阿周那啊，人将不再迷惑。立足于这个境界，即使行至生命终点，将与梵，无限合一。

存在于小罐子和大罐子内的空间都是一样的：两者皆是无限空间。罐子的空间明白，它仅仅表面上受到罐壁的限制，因为罐子也存在于空间内，它认识到它与无限的空间是一样的，将不再感到受限制。该知识被称为梵境界（brāhmī），无限。这不是一种经历的状态，是使个人摆脱一切局限的知识带给心智的视野。

知识一旦获得就不会丧失，因为无知一去不返。获得“自我”知识者将永不困惑，认识到自性俱足者不再有卑劣感，因为没有什么堪比俱足，即使神亦不优越于了悟自我即意识者。借由意识，神意识到其无所不知，个人意识到他或她有限的知识，在意识中没有区别。这个视野就是数论哲学。

第七章
行动瑜伽

在《薄伽梵歌》的第二章中，数论哲学——自我的知识被展开，自我摆脱了死亡以及任何形式的限制。然而，个人想要自由，借由知识认识到所寻之物正是寻求者的本性，快乐并非某种外在获取的东西，因为它已经蕴藏于自我之内。因此，认识自我即快乐，放弃要变得快乐的渴望。克里希那总结该章节说：那个人所有渴望消失，摆脱了执着，获得了平静。

阿周那的困惑

克里希那所言本意，与阿周那的理解存在着差异。智者了悟他即快乐，因此摆脱了获取外物来变得快乐的渴望，他的快乐不依赖存在或不存在的东西。而阿周那理解为：这意味着人们必须放弃渴望才能快乐。他这样对克里希那说："主啊，我想要快乐，现在我看到尘世之物没有我所寻之快乐。若如你所云快乐即我自己，难道我不应该背离尘世，向内寻求快乐吗？难道我不应该把尘世留给那些对它感兴趣者，自己去到一个安静的地方冥想，发现我即快乐吗？”

阿周那认为退出尘世是通向快乐之道，然而，克里希那告诉他说，他必须采取行动：

हतो वा प्रापस्यसि स्वर्गं जित्वा वा भोक्ष्यसे महीम् ।
तस्मादुत्तिष्ठ कौन्तेय युद्धाय कृतनिश्चयः ।। 2-37 ।।
Hato vā prāpsyasi svargaṁ jitvā vā bhokṣyase mahīṁ
Tasmāduttiṣṭha kaunteya yuddhāya kṛtaniścayaḥ (II:37)

你若战死，你将升入天堂；你若战胜，你将享受大地。因此，贡蒂之子，站起来，下定决心投入战斗！

阿周那踌躇不定，哪个抉择更好——战斗抑或退出战场？因此他问道：

ज्यायसी चेत्कर्मणस्ते मता बुद्धिर्जनार्दन ।
तत्किं कर्मणि घोरे मां नियोजयसि केशव ।। 3-1 ।।
Jyāyasī cetkarmaṇaste matā buddhirjanārdana
Tatkiṁ karmaṇi ghore māṁ niyojayasi keśava (III:1)

如果你的结论是知识优于行动，世人保护者啊（Janārdana），为什么你指导我做此可怕的行径？克刹诛杀者啊（Keśava）。

阿周那的这番话似乎说：主啊，你似乎让我感到困惑，你高度赞扬知识，你将智者比作海洋，说：他的心永远圆满俱足，因为他的快乐不依赖任何事物。同时，你却要求我拿起武器战斗。我曾经说过我只想要终极好处，而你却要求我采取行动。你为什么要求我去战斗？如果你的意思是知识有利于一些人，而行动有利于另一些人，那么你的指导尚可理解；但你似乎要求我去追寻两者，我如何能够既在战场上战斗，又去追寻知识呢？如果知识优于行动，你为什么要指导我参与战斗这种行动呢？

व्यामिश्रेणेव वाक्येन बुद्धिं मोहयसीव मे ।
तदेकं वद निश्चित्य येन श्रेयोऽहमाप्नुयाम् ।। 3-2 ।।

Vyāmiśreṇeva vākyena buddhiṁ moḥayasīva me
Tadekaṁ vada niściya yena śreyo'hamāpnuyāṁ (III:2)

你用混淆的话搅乱我的心智，请明确告诉我那可以获取终极好处的方法。

阿周那理解知识和行动是彼此对立的，个人不能同时追寻两者，所以他请克里希那告诉他，他应该追寻什么来获得终极好处。

阿周那请求克里希那告诉他追寻哪个——知识或行动，他认为行动只能带来束缚而非自由。他可能有这样的理由：我所付出的任何行动只为了一个结果，因为我期望结果，我将受到行动的束缚。正是期望使我判断结果，以及我自己是失败或成功。这种不可避免的成功或失败感只会使我精神波动，只要我采取行动，我将永不得安宁。

然而，如果我不采取行动，就不会抱着对结果的期望，也不会对自己有失败或成功的判断，没有沮丧或振奋的反应。我为什么要采取行动并引起一连串反应？我宁愿放弃一切行动，退隐到一个安静的地方冥想。主啊，你已经教导我：我即存在–意识–喜乐（sat-cit-ānanda）。为了领悟这个教导，必须过着冥想的生活，而不去担责任。

但是，你要求我采取行动，这只能导致一连串的期望、结果、判断、反应、问题，将没有机会冥想自我或神。我不明白你为什么要我参与行动，请你明确地告诉我哪个更适合我，行动抑或弃绝？

好恶问题

每个人都生活在一个受到社会、文化、宗教、家长和老师局限的私人世界里。由于这些影响，每个人都有着非常明显的好恶倾向。拥有喜欢的东西就感觉快乐，存在不喜欢的东西就感觉不快乐，也对一些物和人无动于衷，因为其存在与否不会使我们产生快乐或不快乐。

个人看不到世上事物的本来面目，所看到的只是自己心里特定好恶的投射。人们可能喜欢茉莉，不喜欢玫瑰，虽然玫瑰无罪。玫瑰和茉莉确实不同，但两者并无优劣之分。个人越敏感，特定好恶就越多。你可能看到一朵红玫瑰说："我喜欢玫瑰，但我希望这朵玫瑰是白色的。"敏感者和有文化者对事物都有偏好，即便是一种颜色的不同色调。偏好本身不是一个问题，但如果一个人喜欢或不喜欢某个阴影，那么就看不到阴影的本来面目。因此，世上一切事物都被明显的好恶熏染，每个人都不居于公共的、客观的世界，而是居于空想和幻想的私人世界。

所有个人的追寻都受到这些好恶控制。人们会认为，通过获取喜欢的东西，并摆脱不喜欢的东西就会更快乐、更舒适。个人会因许多小事而变得不舒服，如他或她自己的灰白头发会使他们感到不舒服。想要快乐的渴望驱使人们根据其好恶获取和拒绝，因此，快乐是不确定的，因为它取决于个人所追求的是否成功获得；而且，个人的好恶并非一成不变的，这使得快乐更加不确定。今天喜欢的东西可能成为明天憎恨的东西，不喜欢的东西可能成为喜欢的东西，无动于衷的东西可能成为将来喜欢的东西。

如果个人感到在俗世被欺骗，那么原因不在于他身处的客观世界，而是在于自已的幻想。当一个人生活在一个有好恶的私人世界里，即使神也无力使他或她快乐，直到那些好恶被化解；个人不能客观地看待世界，直到个人是客观的，否则个人会不必要地受苦。

怎样才能化解好恶？我们通常被告知要放弃好恶，但我们却做不到，因为它们不像衬衫或帽子一样可以扔掉。我们不仅具有好恶的倾向，我们还赋予其价值，正是好恶构成了我们的个性，我们不能像剪除花园里的杂草那样剔除好恶。

即使你执行由好恶决定的行动，如果你对结果不作出反应，你的好恶就会被化解。行动的结果很少符合你的预期，如果它比你的预期好，你就会认为你是成功的，你会为此感到高兴；如果结果比你的预期差，你就会称之为失败。但是，如果你客观地看待结果，你的好恶就不会产生任何成功或失败的感觉，好恶因此被化解，不会造成任何不快乐。

好恶：知识的障碍

对于像阿周那这样的人来说，只想获得摆脱悲伤、无知和死亡的知识。但是，好恶产生另一个问题：被好恶左右的心智不能掌握知识。当老师说“你即存在–

意识–喜乐”时，一个具有好恶倾向的人也能悟到其本意，因为心智专注，故相对自由，心智变成一种不受好恶干扰的学习心智。但是，个人只有借由教导的恩典才能领悟教导的精髓，在那些学习时刻，个人所瞥见的自我是与个性隔离的。后来，在没有教师和教导的情况下，这些瞥见消失了，仅存一如既往被好恶左右的个性，片刻经历如同催眠的咒语。

个人不能悟到“自我是无限和快乐”的教导，直到好恶的倾向被化解。阿周那害怕付出行动，既不归咎于行动，也不归咎于结果，而归咎于他害怕自己对结果的反应，由于这种恐惧，他想放弃行动。阿周那不明白，以改变态度来执行行动是化解好恶的方式，并获得相对自由的心智来领悟教导。因此阿周那认为克里希那建议采取行动与他赞美知识相矛盾。对此克里希那回答说：

लोकेऽस्मिन्द्विविधा निष्ठा पुरा प्रोक्ता मयानघ ।
ज्ञानयोगेन सङ्ख्यानां कर्मयोगेन योगिनाम् ।। 3-3 ।।
Loke' smindvividhā niṣṭhā purā proktā mayānagha
Jñānayogena sānkhyānāṁ karmayogena yogināṁ (III:3)

哦，无罪者，在创世之初我教导过，在这个世上有两种追求：冥想者的知识追求，活跃者的行动付出。

有两种生活方式：一种是寻求知识的弃绝生活，另一种是寻求相同知识的行动生活。行动涉及一种模式而不涉及其他模式，但是两者所寻求的皆是借由知识获得自由。

个人如何决定应该采用哪种模式?

如果你已经冥想，那么这个决定是很清楚的——你适合冥想的生活。但是没有人能够要求某人冥想，就像没有人能够要求某人欣赏一朵花的美丽，或者爱上另一个人一样，这些能力不能定制，它们必须被发现。你不能仅仅通过放弃财产就能过冥想的生活，你仅仅否认你自己的一切，也许会变得懒惰。冥想的态度是自然的，只有当好恶不再左右你时，它才能被发现；只要好恶仍然左右着你，你就不能做到冥想。

想象你正处在一个安静的地方，靠近森林山脉，一条静静的河流潺潺流淌着，鲜花环绕，鸟儿欢唱，世界是美丽的。你似乎不渴望任何东西，你的尘世义务已了，你感到很开心。这是那个曾经以上百个抱怨来回答简单问题“你好吗？”的同一人吗？所有这些抱怨如何消失的？当你看到山，你不希望它是不同的，如果你希望它有个冰峰的话，你不会如此开心。心智接纳一切事物的本来面目，它不希望河流流淌得更快或更慢，或天空变蓝，或鸟儿啼鸣更动听，你也不想要自己有所不同。如果你觉得要找个人倾诉的话，美丽就会消失。在那一刻，你的一切好恶被化解了，你安静且快乐，这是有利于冥想的心智。

客观世界不会给你造成任何问题，问题是由被好恶左右的心智造成的。如果你有一个冥想的心智，你意识到好恶隶属于心智，而你与心智不同，那么，就可以此来化解好恶，这就是为什么克里希那首先要传授阿周那关于自我本质的知识的原因。现在，克里希那提出了一种培养对行动及其结果的特殊态度，来化解好恶的方法，该方法旨在帮助像阿周那这样的人（他们因为被好恶牵引而未能发现其冥想的心智），该方法称为行动瑜伽（Karma Yoga）。

放弃行动是不可能的

只有当个人态度不正确时，行动才会约束个人，并成为永久束缚。阿周那问克里希那："你为什么要让我参与这个残酷的行动？"克里希那明确表示，行动永远不能完全放弃：

न हि कश्चित्क्षणमपि जातु तिष्ठत्यकर्मकृत् ।। 3-5 ।।

Na hi kaścitkṣaṇampi jatu tiṣthatyakarmakṛt (III:5)

शरीरयात्रापि च ते न प्रसिद्ध्येदकर्मणः¬ ।। 3-8 ।।

Śarīrayātrāpi ca ten a prasiddhyedakarmaṇaḥ (III:8)
没有任何人能保持片刻不行动，
即使你驻守在肉体中，亦不能无行动而完成。

克里希那对阿周那说："你可以放弃王国，你可以去到瑞诗凯诗，你可能会试图过冥想的生活，但你不能完全放弃行动。阿周那，即便作为一个萨杜，一个和尚，你必须乞食和咀嚼食物。你的手和腿，你的肝脏和心脏，均是行动的工具。人只要活着，完全停止所有活动是不可能的，认为可以放弃行动是幼稚的。在生活中，每个人都必须担当一定的角色，甚至固定监狱的螺栓都有一个角色——其作用是固定物体。"

成为弃绝者意味着要进行冥想，并非停止所有的活动，无所事事。仅仅停止所有体力活动并不能保证冥想的性格，你必须化解左右你心智的好恶倾向。

如果你继续采取行动，但是改变对行动结果的态度，就可以化解好恶，从而开始冥想。正是由于这个原因，克里希那向阿周那提出建议："贡蒂之子，站起来！（kaunteya， uttishtha）"

行动瑜伽：对行动的态度

在第二章中，克里希那向阿周那描述了在采取行动时，可以化解个人好恶的态度，这种态度被称为行动瑜伽（Karma Yoga）。

कर्मण्येवाधिकारस्ते मा फलेषु कदाचन ।
मा कर्मफलहेतुर्भूर्मा ते संगोऽस्त्वकर्मणि ।। 2-47 ।।

Karmaṇyevādhikāraste mā phaleṣu kadācana

Mā karmaphalaheturbhūrmā te sango'stvakarmaṇi (II:47)

任何时候，你只对行动而非结果具有选择权。不要（把你自己）当成行动结果的始作俑者，也不要执着于不行动。

主克里希那将阿周那的注意力引向一个事实："只有行动是你的特权，其结果绝不是（Te karmaṇi eva adhikārah，mā phaleṣu）。"这句话让许多学者误认为是不期待结果，但这不是克里希那的意思，否则这意味着他教导阿周那，却不期待阿周那理解，没有人采取行动而不期待某些结果。

那么这个说法到底是什么意思？

这个说法很清楚：你对行动有选择，对结果从未有选择，结果在执行行动时即已注定。你不能避免业力法则（Karmaphala）——行动的结果。个人不能跳出窗户，而期望坠落的结果不会发生；也不能期望重力拉扯身体的速度低于32英尺／秒！行动结果受到法则控制，不受我们控制。

我们发现自己处在一个非人为缔造的法则支配的世界，我们依照法则出生，收获的结果也依照法则，行动及其结果之间的关系受自然法则的约束，该法则我们可以试图去理解，但永远不能去改变。

我们称这些法则的缔造者为神，在梵文中称为īśvar。根据祂的法则，而非我的选择，我得到一个特定结果。因此，克里希那说：“你不要把自己当成行动结果的始作俑者（Mā Karmaphalaheturbhūḥ）。”结果产生于非我们掌控的法则。

当我们实施某事时，期望一个结果，即使知道结果不由自己掌控。这是因为我们具有好恶，想要得到满足。对结果的期望是自然的，它不是问题，问题在于我们对结果的反应。这段经文的意思是：付出行动期望结果，行动起来，你能实现你的期望；计划和执行你的工作，若结果完全违背了你的期望，虽然你满怀期望和愿望，也不要对结果作出反应，并称自己为失败者。

如果你秉持一种态度，出于对行动及其结果本质的理解，则可以防止这样的反应。行动产生的结果本身就蕴藏于行动中，人们不能期望行动中不包含什么。你不是主宰行动结果的法则制定者，也不晓谙所有发挥作用并产生结果的法则，但你知道事物依照法则运作，宇宙的运作是和谐的，任何行动总是依照法则产生适当的结果。

当你每月收到你儿子的汇款时，你不会感谢银行家或邮递员，他们只是将你儿子的汇款转给你的中介，你儿子才是你的施主。同样，法则只是主的工具，是主赐予你行动的结果。即使你阅读这些话，阅读也是按照祂的法则进行的。当你明白这个事实时，你会滋生一种特殊的态度：你接纳来自主的每个行动结果。

恩赐智性（Prasāda Buddhi）：优雅地接受

人们对待在寺庙或教堂朝拜后获赐的东西是什么态度？这个东西被视作来自于主，所以它有别于其他方式获得的同样东西，从而被人们以不同的态度所接受。让我们想象一朵花，比如金盏花，通常当人们从花园里挑选金盏花时，他或她会嗅嗅花朵，享受其芳香。但是，如果这朵花在神坛供奉过主，那么对这朵花的回应是有区别的。印度人会把它放到他或她的眼睛上，这是对待极其神圣的圣物的姿态。是什么促使态度的改变？在神坛上供奉过主的鲜花现在是主的恩赐，而不单纯是一朵芬芳的鲜花。对于你从寺庙或教堂中获赐的任何东西，无论是灰、水、糖晶还是一块面包，你都以同样崇敬的态度对待。你将圣灰抹在额头上，把糖吃掉，但你对待两件圣物的态度是一样的。你不关心谁赐予你圣物，或你收到了多少圣物，对于你来说，这是恩赐，是主的赐福，那就足够了。你对恩赐的态度是恩赐智性（Prasāda Buddhi），你心怀崇敬，优雅地接受任何赐予。

成功与失败是相对的，假设在合作投资的企业中，你预期50%利润，你的合作伙伴只预期15%利润，如果利润达到20%，你就会失望，而你的合作伙伴会很高兴。由于期望不同，同样的结果会带来不同的感受。由于态度的改变，一朵单纯的花获得了恩赐的特殊地位。同样，如果你接受你的行动结果是一种恩赐，那么，虽然实际结果保持不变，但你对结果的视野改变了。鉴于此，克里希那告诉阿周那：“不要倾向于不行动（Mā te saṅgo’stvakarmaṇi）。”克里希那提醒阿周那不要逃离战斗，而是采取行动，当结果来了，把它当成恩赐。

你执行行动由愿望驱使，你接纳结果来自主的事实，即结果由主的法则所塑造，结果因此成为来自主的恩赐。当你怀着这样的态度时，你都会以开放的心态毫不犹豫地接受任何结果。对行动的结果培育恩赐智性是行动瑜伽。以有限的心智，你只能估计结果将会怎样，你接纳结果对于行动永远是真的，你将不会被欺骗。你不作出反应，不管结果是否符合你的期望，因为这些结果是主的恩赐。

恩赐意味着没有悲伤，一旦某种情况被接受为恩赐，你的心智就会快乐地享受恩赐（prsannatā）。这种快乐是一种赐福，因为当它存在时，你的好恶就不再能够在你心里产生任何反应。当你获得一个并非你期望的结果，无论是成功还是失败，如果你接受它为恩赐，你的好恶就被化解。

虔信智性（Īsvarārpaṇa Buddhi）：将行动奉献给主

还有另一种态度，借此，你可以化解好恶对你个性的影响。这种态度是基于对主的接纳，不仅在获得行动结果时，甚至在你开始行动之前。

在《薄伽梵歌》中关于行动瑜伽有两个重要的定义：一、（心态）相同是瑜伽（samatvaṁ yoga ucyate）。二、在行动方面的正确选择是瑜伽（yogaḥ karmasu kauśalam）。心态相同依据对行动结果的回应，恩赐智性是对行动的各种结果抱持相同心态的态度。行动选择的对错是由经文来裁定的，即使该选择有悖个人的好恶。

无论你从事什么活动，无论它是否由你自己的好恶引起的，你都会看到：每一个行动皆由主缔造的法则所控制。如果我是一个伟大的歌手，我所看到的事实是：我并非入世获得我的嗓音——我的嗓音是天生的。我感谢祂赐予我这个嗓音，唱歌的行为成为对主的感恩，在每个音调中，我看到祂的手、祂的礼物，我把我的表演献给祂。克里希那后来在《薄伽梵歌》中说：任何行动都可以奉献给主，因为祂即万物。对于个人从事的任何活动，深刻的了悟可以使人秉持这种虔信智性的态度——一种将一切都奉献给主的态度，因此，稳定的心智消除好恶的影响。

如果你在行动时不能抱有奉献的态度，至少当结果出现时，接受它为主的恩赐。通过任何一种态度，好恶被化解。通过“虔信智性”，好恶不再是行动的驱动力；通过“恩赐智性”，好恶不再是判断结果和评判你的标准。

这就是行动瑜伽，接纳你的行动结果遵循造物主永久不败法则的事实。如果你以“恩赐智性”接受结果的话，你的好恶就不会将你折磨于兴高采烈和绝望之间。你的心智摆脱搅动，将变得冥想，“你是存在-意识-喜乐”的教导将如日光般明朗。所以你不必放弃行动，而仅仅改变你对待行动的态度，你将成为一个不同的人。

“行动瑜伽”是一个常常被人误解的术语，如果像有些人认为的那样，只要付诸行动就是行动瑜伽的话，任何同时接五个电话的商人将是一个伟大的行动瑜伽士。有些人把Yogaḥ Karmasu Kauśalam翻译为“行动中的技巧是行动瑜伽”，若根据这个标准，那么，雇佣杀手也可以是一个行动瑜伽士。付诸行动而不期望结果也被当作行动瑜伽的定义，但是，即使疯子也不可能在不期望结果的情况下付诸行动。这些皆非准确的定义。行动瑜伽的真正含义由克里希那在一句话中给出：“你只有行动选择权，却没有结果选择权（karmaṇyevādhikāraste mā phaleṣu kadācana）。”行动瑜伽是执行行动应秉持的态度，即：一切结果由主的法则决定，它们来自主，所以它们被欣然接受。

通过培养这种态度，当行动结果不符合个人期望时，个人不再遭受悲伤和遗憾之苦。行动及其结果都不会造成束缚，是心智对行动结果的反应造成束缚。为了摆脱这种束缚的局限性和痛苦，个人必须明白，既已选择一个行动，就应当接受其结果为恩赐，秉持此态度者被称为“行动瑜伽士”。

行动瑜伽的效果

如果人们接纳的一切结果都来自主，那么，人们自然会问，是否会有行动的动力，或从个人经历中学到东

西？事实上只有秉持如此态度，你才能从你的经历中学习。有反应的心智无法学习，因为在绝望、挫败和无助中，心智不能客观地看待事物。有一种常见的说法是：经历是最好的老师。如果我们无反应地吸取经验，经历才能教育我们；但我们经常从经历中没学到什么，只有后悔。

当你的心智不作反应的时候，学习就会发生，不过这样的时刻可能不常见。当你的心智产生愤怒、憎恨或嫉妒时，你无法学习，这样的心智状态是不接受新东西的。行动是创造性和人性化的，反应诸如愤怒、嫉妒等是机械的。你不会因为选择而变得愤怒、憎恨或嫉妒。由于此类反应，你没法从你的经历中学习。克里希那建议阿周那避免此类反应，认识到产生行动结果的法则并不会偏倚某个人，而对另一个人残酷。支配宇宙的法则是不偏不倚的，它们永远不会落败。如果结果不符合你的期望，接受它，改变你的行动，再行动起来。如果你的行动失败，但是如果你从经历中学习的话，你就不是失败者。如果你接受你行动的结果，就像你接受寺庙或教堂的恩赐那样，如果你将一切行动作为奉献，你将发展不反应的心智，一个具有学习能力的心智。

第八章

知识及不行动

知识是一个奇迹

克里希那教导阿周那：自我是坚不可摧的、不朽的、未出生的、圆满俱足的、无限的——一切快乐的源泉。但是阿周那心里充满纠结（由他对自己的定论所导致），所以他不能完全理解克里希那的行为。对于阿周那尚未准备好的心智，自我知识似乎是一个奇迹。

在第二章中，克里希那谈到这个奇迹：

आश्चर्यवत्पशयति कश्चिदेन-
माश्चर्यवद्वदति तथैव चान्यः।
आश्चर्यवच्चैनमन्यः श्रृणोति
श्रुत्वाप्येनं वेद न चैव कश्चित् ।। 2-29 ।।

Āścaryavatpaśyati kaścidenaṁ
āścaryavadvadati tathaiva cānyaḥ
Āścaryavaccainamanyassṛṇoti

śrutvāpyenaṁ veda na caiva kaścit (II:29)

有人看它（自我）如同奇迹，有人说它如同奇迹，有人听它（知识）如同奇迹，即使听了也无人理解。

有人感知该知识，认为它是一个伟大的奇迹，他们因为意识到自己的所有问题和局限，故无法想象他们是喜乐，即无限，超越时空。即使有人理解了这个教导，他仍然认为它是一个奇迹，因为他错误地相信人类是天生有罪的、有局限的。宗教一般只做出救赎的承诺，说如果你这样做，那么你就会得到救赎。而《薄伽梵歌》说，你不需要做任何事情，你已经是存在–知识–俱足。这真是一个奇迹！

克里希那对阿周那的教导并非他个人对真理的理解，真理不是私人的。关于自我、世界、神的知识，不是任何人的个人财产，它如同造物一样古老，借由师徒传承体系（guru- śiṣya-paramparā）传承下来。有志获得这种知识的学生去投奔老师，为他服务，并向他求教该知识，老师传授弟子该知识。克里希那在第四章中描述了这一传统：

तद्विद्धि प्रणिपातेन परिप्रश्नेन सेवया ।
उपदेक्ष्यन्ति ते ज्ञानं ज्ञानिनस्तत्वदर्शिनः ।। 4-34 ।।
Tadviddhi praṇipātena paripraśnena sevayā

Upadekṣyanti te jñānaṁ jñāninastattvadarśinaḥ (IV:34)

欲知晓自我知识，需带着臣服态度服务于老师，带着求知的渴望请教他（该知识）。这些智者（亲证了自我知识真理的人）将会传授你这个知识。

你不能指望靠自己发现或意会这个知识，自我不是你可以感知的对象，你可以学习如何分割一个细胞，分裂一个原子，但是你将如何去学习那个正在学习这一切的自我呢？需要某个人点拨，让你认识你的本来面目，要了悟关于你自己的知识，你需要一位老师。

第十个失踪者的故事

我们通过第十个失踪者的故事来说明了悟自我的问题。一次，有十个人一起去旅行，一条河流挡住了去路，他们只能游过河，于是他们跳入河流，游到了河对岸。为了确认所有人均安全抵达，他们的领队开始清点人数：只有九个人在那里，他一次又一次地清点，但每次都发现只有九个人！这些人发疯似的在河岸上搜索失踪者，但他们的努力均无济于事——第十个人失踪了！他们充满了绝望！当他们坐在那里哭泣时，一位老者碰巧经过，他问他们为何悲伤，领队告诉他有个人失踪了。老者仔细清点人数后笑了起来，他立刻明白了这个问题。“不用担心，”他说，“第十个人就在这里，我现在就可以把他变出来。”

老者让所有人站成一排，没有人知道他如何通过这个队列变出第十个人来，但是他们服从他，因为他们有信仰（śraddhā）——不是盲目相信而近乎迷信，而是寄希望于悬而未决的事情被确认，毕竟没有理由不相信。然后那位老者要求领队走出队列清点其他人数。领队开始清点人数“1、2、3……”依次数到第九个人，老者指着领队说：“你就是第十个人，你忘记数自己了。”

领队立即明白了，他通过“认识到”他一直是第十个人，从而找到了“失踪者”。这个认识是如何发生的？通过教导，通过老者的话，寻找者发现他正是所寻找的，只要他一直寻找第十个失踪者，他就一直失去他，他不可能发现他自己就是第十个人，因为他已经得出定论：第十个人失踪了，不得不去寻找。有了这个定论，他所有的尝试都无法揭示第十个人，他可以头倒立，或者一生只吃水煮蔬菜，或者冥想几个小时，但是第十个人依然失踪；他可以上天堂下地狱，第十个人依然失踪。任何行动都无法找到第十个人，这样的寻找实际上是否认第十个人。所以，某个人，一位老师必须向他揭示他就是第十个人的事实。

需要一位老师

同样，你得出结论，你是一介凡人、有局限的、悲伤的，你怎么能想象你没有任何限制——你正是你所寻找的快乐。你不能，必须有人教导你，让你看到你的找寻是徒劳的。你必须认知自己本来面目之实相，这样，所有找寻将会结束。因此，你必须去拜师，他将向你揭示你生命中的一切找寻正是你自己，运用语言的镜子，他会让你看清自己。此后，当有人问你何时何地发现自己，你只会报以微笑并保持沉默。这不是一个激励人们自傲和自夸的知识，你会记得领队如何认识到他曾多么愚蠢地一直在寻找自己。智者总是谦卑的。

谁是第一个古鲁?

即使你可能没见过你的祖父，你也不会质疑他的存在，你存在的事实证明了他的存在。他生活过，他存在过，因此这不是一个信仰问题。同样，自我知识存在的事实表明，必然存在着师徒传承，借此将该知识世代传承至今。因此，该知识的存在和师徒传承不是信仰的问题，而是个人看到、认识、理解的一个事实。

“谁是第一位老师”的问题类似于问“谁是第一位父亲”。每个父亲都是自己父亲的儿子，父亲的父亲也是自己父亲的儿子。那么谁是第一个父亲?你可以回溯进化的过程，但是你仍然无法确定谁是第一位父亲。你只能说他必然和造物一起诞生，第一位父亲就是主；第一位老师的情形亦如此，每个老师也曾是学生，所以第一位老师一定是主自己。克里希那这样描述了古鲁—弟子的师承体系：

इमं विवस्वते योगं प्रोक्तवानहमव्ययम् ।
विवस्वान्मनवे प्राह मनुरिक्ष्वाकवेऽब्रवीत् ।। 4-1 ।।
Imaṁ vivasvate yogaṁ proktavānahamavyayaṁ
Vivasvānmanave prāha manurikṣvākave'bravīt (IV:1)

एवं परम्पराप्राप्तमिमं राजर्षयो विदुः ।
स कालेनेह महता योगो नष्टः परन्तप ।। 4-2 ।।
Evaṁ paramparāprāptamimaṁ rājarṣayo viduḥ
Sa kāleneha mahatā yogo naṣṭaḥ parantapa (IV:2)

我向韦瓦萨万（Vivasvān，太阳）传授这个永恒的瑜伽（知识）；韦瓦萨万传授给摩奴；摩奴传授给甘蔗王。就按这样（老师—学生）师承体系传承下来，国王及智者都知道该（知识）。经历了长久岁月变迁，阿周那，那个知识失传了。

克里希那因此说："虽然你把这个知识视作奇迹，阿周那，这是一种古老的知识，与造物同样古老。对你而言，它看起来很奇怪，因为有难敌这样的人，所以它才不复存在。但它并未遗失，就像日蚀中的太阳一样，这个知识只是暂时被掩盖了。"

赞美自我知识

克里希那赞美自我知识：

न हिं， ज्ञानेन सदृशं पवित्रमिह विद्यते ।। 4-38 ।।

Nahi jñānena sadṛśaṁ pavitramiha vidyate (IV:38)

这里（在世上）没有任何东西像自我知识这般纯粹。

在《奥义书》中，“自我”知识被称赞为“借由它未知变成已知（Yena avijñātaṁ vijñātaṁ behavati）”，这怎么可能？当“自我”知识降临个人的时候，并不意味着所有知识（从炼金术到天体物理学）一并降临个人。《奥义书》的陈述只意味着：当了悟实相时，与之相关的特定事物也就了悟了。如果了悟了水，也就了悟了海洋、河流、湖泊和雨滴，因为水是所有这些东西的实相。同样，如果了悟了无限的“自我”，也就了悟了存在于无限中的每个事物——整个宇宙，因为无限是造物中每个事物的实相。通过这种知识，你获得俱足、免除局限的完全自由。

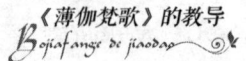

没有什么等同于自我知识，使你永远从“你是局限和无知”的概念中解脱出来。任何其他知识体系打开了无知的新领域，你知道得越多，你越觉得你不知道。八年级的学生可能会说："如果一个物体被抛入空中，它将以每秒32.2英尺的速度下降。"同一个学生，如果他或她成为物理学研究学者后，将会意识到某些干扰因素，就会修改其陈述为：加速度可能会那么快。这不是对现代科学的批评，而是说明了所有客观知识具有不明确的、可修改的、相对的性质。客观世界的任何学科知识都没有最终定论，目前的结论将来总是会被修改，这意味着无知并没有消除，因为需要修正的知识不是绝对的知识。

然而，数论哲学——"自我"知识，可以永远使你摆脱无知。你是无限意识（caitanya），了悟这点，你将摆脱所有局限性。因此，没有什么等同于"自我"知识。要获得该知识，必须拥有恒定的心智。行动是消除好恶的手段，创造恒定的心智是学习所需的。

行动及不行动

克里希那描述行动及不行动的性质：

किं कर्म किमकर्मेति कवयोऽप्यत्र मोहिताः ।। 4-16 ।।
Kiṁ karma kimakarmeti kavayo’pyatra mohitāḥ (IV:16)
甚至学者们也困惑什么是行动，什么是不行动。

阿周那可能很想知道这有什么好困惑的——他已经

结论（我们亦可能）：做事是行动。这个结论是简单化的，如下一段经文所示：

कर्मणो ह्यापि बोद्धव्यं बोद्धव्यं च विकर्मणः ।
अकर्मणश्च बोद्धव्यं गहना कर्मणो गतिः ।। 4-17 ।।

Karmaṇo hyapi boddhavyaṁ boddhavyaṁ ca vikarṁanaḥ

Akarmaṅaśca boddhavyaṁ gahanā karmaṇo gatiḥ (IV:17)

（被责成）行动的真实本质应该是已知的，被禁止行动和不行动的真相是难以（认知的）。

行动和不行动的本质应该是明白的，它并不像阿周那想的那么明显。行动的本质是变化、运动，在此语境下，不行动可能被理解为没有活动。阿周那想弃绝一切行动来实现不行动，使自己摆脱行动，从而变得俱足。弃绝行动可以实现不行动吗？弃绝行动可以摆脱行动吗？

付诸行动是为了获得渴望的结果。你认为你不快乐，因此你渴望借此获得某些东西，获得快乐；渴望快乐变成一个特定目标，你试图通过行动来实现。因此，当渴望是行动的基础时，仅仅放弃行动怎能使渴望消失呢？即使个人变成桑雅士，过着弃绝者的生活，放弃了行动，但渴望仍然存在，唯一改变的是：现在没有办法来满足渴望，因为个人弃绝了行动，这是一种理想受到挫折的状况。如果阿周那循蹈这条道路，他也只会是一个受挫者，仅仅变成桑雅士不能帮助任何人获得知识。在第三章中，主说：

न कर्मणामनारम्भान्नैष्कर्म्यं पुरूषोऽश्नुते ।
न च सन्न्यसनादेव सिद्धिं समधिगच्छति ।। 3-4 ।।
Na karmaṇāmanārambhānnaiṣkarmyaṁ puruṣo' śnute
Na ca sannyasanādeva siddhiṁ samadhigacchati (III:4)
借由不付诸行动，不能获得不行动；也不能借由弃绝行动，获得不行动。

从这段经文中可以清楚地看出，不行动（naiṣkarmya）并非没有活动，不行动可从完全不同的角度来看。

你是不行动的意识

你想要弃绝行动的事实表明，你把自己当成行动者（kartā），但你真的是行动者吗？没有人可以弃绝自己没有的东西，在《薄伽梵歌》的视野中，你不是行动者。如果你不是行动者，你怎么能放弃行动？

因此，我们得出结论：我们行动，我们感知，我们思考；但是经过分析，这些结论似乎是假的。让我们设想一个行动——说话。如果问到“你是谁”，你可能回答“我是说话者”；接下来我们可能问：“扬声器不是说话者吗？没有它，你不能说话。”然后，你可能回答你是扬声器，而且你也是那个发出来的声音，还是那个可理解的声音背后的思想。在思想出现在你心智之前，你存在于那里吗？你存在。那么，你是谁？你可能会说你是心智。但是，在昏厥状态中，心智不思考也不认知，即使你已经晕倒，你仍然知道你存在于那里。

最后，你不得不承认你不是说话者，也不是听众，也不是思想者，而是能够说话、倾听和思考的意识存在。那个意识存在行动吗？它不行动。你是那个存在，那个意识，在其中存在行动、感知和思想。当你说“我采取行动”，并非意识执行任何行动，而是眼睛在看，思想在心智里活动，一切皆存在于意识中。

行动是运动的本质。一切行动都起始于我，意识（觉知到时空的意识）。行星、空气、人，一切活动只存在于意识中。空间本身存在于意识中，所以意识肯定是无所不在的，它能运动到哪里？意识，我，是不动的，它是永远存在的，即使时间在其中持续运动。因此意识是永恒的。你就是那个意识，万物存在其中，但它本身是不受时空局限的，因此，

कर्मण्यकर्म यः पश्येदकर्मणि च कर्म यः ।
स बुद्धिमान्मनुष्येषु स युक्तः कृत्स्नकर्मकृत् ।। 4-18 ।।

Karmaṇyakarma yaḥ paśyedakarmaṇi ca karma yaḥ
Sa buddhimānmanuśyeṣu sa yuktaḥ kṛtsnakarmakṛt (IV:18)

在行动中看到不行动，在不行动中看到行动，他便是人中智者，他是功德圆满的瑜伽士。

意识中产生的行动是不行动，这是个人的真正本性。认为自己不行动的人，尽管行动，也不会把自己当成行动者。“我”认识到心智、感觉器官和肢体各司其职，“我”是支配着它们的意识，因“我”的存在，一切活动产生，但“我”却没有采取任何行动。只有以这种方式认知自己的人，而非仅仅放弃行动的人，才能称得上解脱。

不行动的例子

一个人坐着司机驾驶的车前往邻近城市拜访一位朋友，到达后，他对朋友说：“我今天来这里每小时六十英里。”他的朋友对此并不怀疑，尽管他知道他的胖子朋友甚至不能步行六十步，他明白他是坐车来的，是那辆车在行驶，而他的朋友在后座放松地坐着。当那人说他每小时六十英里，只是说他所坐的车的速度，至于他自己，他什么也没做。

同样，意识（“我”）从未执行任何行动，“我”就像坐在车里的那个人一样，汽车在运动，那人貌似也在运动；当身体行动时，貌似这个“我”在行动；当身体讲话及走路的时候，人们认为那个“我”在行动。从自我的立场来看，“我”是不动的，深谙其道的人总是放松的，是功德圆满者（kṛtsnakarmakṛt）——摆脱一切局限。

阿周那发现很难理解这个教导，因为他的心智不纯粹，他有好恶，它们（不是指难敌）才是他真正的敌人。考虑到这一点，克里希那嘱咐他：“如果你不能理解你的本性是不行动的话，那么以正确的态度行动，这样，你的心智将变得纯粹，能够理解我所教导的东西。心智的净化通过行动瑜伽来实现，因此，阿周那，站起来，履行你的职责。”

第九章

弃　绝

克里希那的教导表明，阿周那借由弃绝行动而获得快乐的计划归因于缺乏理解。阿周那的问题并非由行动及其结果引起的，而是由他自己的好恶引起的，不论他行动与否，它们仍将继续困扰着他。事实上，只有抱着行动瑜伽的态度来采取行动才可消除他的好恶，他问题的根源。

克里希那首先教导阿周那行动瑜伽的目的，也向他揭示了弃绝的真正含义。放弃行动不是弃绝，因为放弃的前提实际上在控制行动，这个概念是一个错误。人们必须看清付诸行动是什么，你意识到你所有的身心活动，以及执行这些活动的能力，因此，你不是它们，你是纯粹的意识（Caitanya），在其中存在所有这些功能。你得出结论，你是一个行动者，然后决心放弃行动，而你本来就没有采取任何行动，意识是不行动的。

了悟自我是不行动的人总是自在的，即使在进行活动的时候，智者会弃绝他或她是行动者的观念，发现自我不行动的本质，这就是弃绝的真正含义。

सर्वकर्माणि मनसा सन्न्यस्यास्ते सुखं वशी ।
नवद्वारे पुरे देही नैव कुर्वन्न कारयन् ।। 5-13 ।।

Sarvakarmāṇi manasā sannyasyāste sukhaṁ vaśī
Navadvāre pure dehī naiva kurvanna kārayan (V:13)

借由知识弃绝一切行动，他欢喜地居于这九门之城（这个身体），既不行动也不引起任何人行动。

我，意识，每时每刻无所不在，因我存在，眼睛、心智和四肢得以运作；在我之内，思想活动，星移斗转，在我之内是整个时空构架，即使不存在的概念也存在于全能的意识中。作为全能者，意识不能动，它不付诸行动。因此，我，意识，是不动的。了悟到这点，即是放弃行动，了悟该知识者不怕行动，他或她镇静自如。

在这个阶段，可能会出现一个疑问：如果一个人必须通过知识来发现不行动，弃绝行动的目的何在？为什么应该有完全弃绝的规则，正如在《吠陀经》和《薄伽梵歌》中所描述的那样？如果行动的弃绝只能通过知识来实现，而不是真正的放弃行动，弃绝这种特殊生活方式的意义何在？阿周那可能会问这些问题，因为他的理解是：有两种生活方式，每种方式都可以帮助个人实现终极好处（śreyas），一种是弃绝的生活，另一种是行动的生活，两者皆可以使人解脱，两者对人皆有束缚，这取决于个人的态度。阿周那认为个人可以在行动和弃绝中作出选择，由于他强烈希望避免所面对的战争，自然会认为，如果个人在这两种生活方式之间有选择的话，就会急切地选择弃绝者（Sannyāsī）的生活，免除对社会的责任。要理解阿周那思维的错误，人们必须在印度社会的背景下看待完全弃绝（Sannyāsa）。

责任、弃绝和完全弃绝

印度社会以责任为本，妻子有责任帮助丈夫，丈夫有责任让妻子幸福。如果每个人都履行他或她的职责，则其他人的权利是有保证的，他们之间不会有冲突。另一方面，如果一个人或另一个人忽视了其责任，只是喧嚷其权利的话，就一定会有冲突。

人类是社会的动物，因此，他们对社会、家庭、国家、人类，甚至自然因素都负有责任。一个国王是其王国的受托人，公正地管理公民是他的责任。公民有义务捍卫国家，支持国王。父母有义务发掘孩子最优秀的方面。我们每个人都有责任关爱我们赖以生存的地球、空气和水。在《薄伽梵歌》的第三章，克里希那说，从别人那里只获取而不履行责任者是盗贼。我们生活靠相互帮助，所以我们对彼此有明确的责任，乐于履行这些职责是行动瑜伽。

由于社会是以责任为基础的，一个人应该履行他或她的责任，直到他或她被解脱的渴望所驱动。在践行行动瑜伽的生活多年以后，你的态度将会改变，你不再受到好恶的左右，而是代之以客观的态度，并洞悉生活的唯一的目标就是解脱。那么心智的状态将是："这一生，或来生，我不再想要任何东西，我不再渴望安全感或享乐，我对这些不感兴趣，我不寻求它们。"

当你达到这个层次的了悟时，一个选择会呈现给你，你会以尽职尽责的态度继续履行行动，你通过师从一位老师来寻求"自我"知识，或者你可能成为一名桑雅士（Sannyāsī）——一名弃绝者，过着完全献身于学习和冥想的生活。

桑雅士（弃绝者）不参与社会，他或她对家庭或社会不负有义务，不受任何人的管辖。桑雅士的唯一的义务是投入学习和反思，承认《吠陀经》所揭示的自我是无限的事实。社会支持这样的人，并尊敬地对待他，没有沙杜（托钵僧）会饿死，但同时没有人成为沙杜而寄希望于社会支持他或她，任何社会都会照顾一个想过着僧侣生活的人——致力于追求知识的冥想生活的人。

赞扬知识及阿周那的疑问

阿周那对于选择哪种生活方式的困惑归因于克里希那曾多次告诉他要采取行动，并反复称赞知识是解脱的直接手段。

अपि चेदसि पापेभ्यः सर्वेभ्यः पापकृत्तमः ।
सर्वं ज्ञानप्लवेनैव वृजिनं सन्तरिष्यसि ।। 4-36 ।।

Api cedasi pāpebhyassarvebhyaḥ pāpakṛttamaḥ
Sarvaṁ jñānaplavenaiva vrjinaṁ santariṣyasi (IV:36)

即使你是所有罪人中罪孽最深者，一旦你登上知识之筏，你肯定会穿越这罪孽之海。

谴责自己是罪人，是无知的结果。罪孽、错误的行为，属于行动者，而非不行动者。如果你发现自己是不行动者，你的罪孽何在？通过这种知识，你将超越一切悲伤。如果你了悟你的本来面目，问题就解决了，正如在梦中犯下多起谋杀罪的做梦者一样无辜地醒来，当你在“你是不行动的意识”之知识中觉醒，你将摆脱一切罪孽。

在《薄伽梵歌》的第四章，克里希那赞美使人摆脱一切悲苦的知识：“没有什么像知识一样纯粹（Na hi

jñānena sadṛsaṃ pavitṛamiha vidyate）”；“知识之火焚烧一切罪孽（jñānāgniḥ sarvakarmāṇi bhasmasātkurute）”。阿周那可能很好地表达了他的困惑：“你一再赞美知识，而在战斗中，我除了看到寡妇的哭泣之外，会得到什么知识？请告诉我为什么我应该战斗？”为什么我不能过桑雅士的生活？在第五章我们再次发现阿周那的问题：

सन्न्यासं कर्मणां कृष्ण पुनर्योगं च शंससि ।
यच्छ्रेय एतयोरेकम् तन्मे ब्रूहि सुनिश्चितम् ।। 5-1 ।।
Sannyāsaṁ karmanāṁ kṛṣṇa punaryogām ca śamsasi
Yacchāreya etayorekaṁ tanme brūhi suniścitaṁ (V:1)
你赞扬弃绝行动，又赞扬行动，克里希那啊，请你明确告诉我，两者之中，哪种更好？

阿周那并未因第三、四章的教导而变得更聪明，在第五章的开头，他的问题是一样的：“为什么一方面赞美弃绝的生活，另一方面要求我采取行动？两者并不能达到相同目标。难道不是行动有束缚，而弃绝获得解脱吗？请明确告诉我什么适合我，我准备遵循你所说的每一个字。”

弃绝及行动：它们的作用

阿周那的困惑是可以理解的，但克里希那不能告诉他哪种生活方式更好，因为它们不是二者择一，正如人们不能回答问题："我要上大学呢？还是获得学位？"上大学是手段，学位是结果——一个不比另一个更好。同样的，行动瑜伽是弃绝生活（致力追寻知识的生活）的必要准备。因此，克里希那不能给予阿周那任何明确的选择，他的回答似乎只会增加困惑感。

सन्न्यासः कर्मयोगश्च निःश्रेयसकरावुभौ ।
तयोस्तु कर्मसन्न्यांसात्कर्मयोगो विशिष्यते ।। 5-2 ।।
Sannyāsaḥ karmayogaśca niśśreyakarāvubhau
Tayostu karmasannyāsātkarmayogo viśiṣyate (V:2)

完全弃绝及行动瑜伽皆通向解脱，然而在两者之中，行动瑜伽比完全弃绝更好。

在此回答中，克里希那并非推荐行动瑜伽优先于完全弃绝，他试图让阿周那看到这两者之间是没有选择的，个人采取适合于自己的生活。如果个人的态度正确的话，完全弃绝所取得的成就，通过行动的生活同样可以实现。这就是为什么克里希那说：完全弃绝和行动都有助于个人实现解脱。但是，如果个人不具备冥想心智的话，完全弃绝是非常困难的。行动瑜伽带给个人冥想心智，借由"我是不行动的"知识，能够发现真正的完全弃绝是行动弃绝的事实。

克里希那在后面的经文中重复行动瑜伽的必要。

सन्न्यासस्तु महाबाहो दुःखमाप्तुमयोगतः ।। 5-6 ।।

Sannyāsastu mahābāho duḥkhamāptumayogataḥ (V:6)

哦，强大武装者啊，没有行动瑜伽，完全弃绝很难实现。

克里希那的意思是：个人通过践行行动瑜伽，在获得冥想心智之前，如果采取完全弃绝的话，只会贬低完全弃绝的规则。因为个人尚未准备好而采取完全弃绝的话，无异于一个乞丐，对社会和自己都是累赘。阿周那没有发展冥想心智，他刚刚开始分析局限性和悲伤的问题，正在寻求解决方案。他的好恶仍然是他的一部分，不能随意放弃，他不可能这么轻易地采取完全弃绝。

弃绝（Nyāsa）和完全弃绝（Sannyāsa）

在内心，每个人都对完全弃绝感兴趣——我们每个人只保留最少的财产（没有这些东西我们会觉得不开心），当我们发现我们不需要一个物体的那一刻，我们心甘情愿地放弃了，因此，只有在弃绝中我们的心才安顿下来。

每个人最需要的是自由，我们不希望自己的快乐依赖任何人或任何东西，个人的快乐依赖东西和人被称为世俗（Saṁsāra）。仅仅拥有东西不会造成世俗的束缚，但是如果缺少一件东西让你不开心，你就会受到束缚。如果你故意放弃一个东西，但是仍然觉得你的快乐依赖它，你就会因此受到煎熬，你仍然是世俗者（Saṁsāri），而非弃绝者（Sannyāsī）。

任何梵文词语的含义都是由其词根揭示出来的，Sannyāsa一词是将前缀Sam添加到词语Nyāsa前而形成的，Nyāsa是将前缀Ni添加到词根as前形成的，Nyāsa意即弃绝，前缀Sam强化了该词语的含义，因此，Sannyāsa意味着完全弃绝。

什么是完全弃绝？完全弃绝（Sannyāsa）与弃绝（Nyāsa）有什么不同？例如，如果放弃了悲伤或自豪的事情，这种放弃只是弃绝。然而，一个人放弃一些东西而没有任何损失或失落感，反而乐意，这就是完全弃绝。

谁不熟悉弃绝呢？如果一个小男孩的父亲告诉他，他现在太大了，不能玩弹珠，他应该放弃弹珠去打板球。那么，男孩可能会放弃弹珠，他甚至可能把自己的弹珠收藏送给他的弟弟。但是，他是弹珠放弃者（nyāsī），而非完全弃绝者（sannyāsī），因为他对那个游戏还心存不舍，看到其他男孩玩弹珠，他会停下来观看。克里希那先前说过：

विषया विनिवर्तन्ते निराहारस्य देहिनः । रसवर्जम्…… ।। 2-59 ।।

Viṣayā vinivartante nirāhārasya dehinaḥ

Rasavarjaṁ…(II:59)

感觉物体远离弃绝者，但（对它们）意犹未尽。

第二天，这个男孩回避去其他男孩玩弹珠的地方，因为他知道看着他们玩会诱惑他玩。这样的态度不是完全弃绝，而是放弃，对于这个男孩来说，对其放弃的东西有一种失落感。

然而，当男孩长大成人，成为祖父，孙子要求和他一起玩弹珠时，他会毫不犹豫地这样做。为什么？因为玩弹珠的情景现在并未唤起他的渴望，而没有它们也不会感到遗憾，弹珠对他来说已经不再重要了。现在他不是一个放弃者，而是一个弃绝者——对于弹珠而言。

ज्ञेयः स नित्यसन्न्यासी यो न द्वेष्टि न काङ्क्षति ।
निर्द्वन्दो हि महाबाहो सुखं बन्धात्प्रमुच्यते ।। 5-3 ।।

Jñeyassa nityasannyāsyī yo na dveṣṭi na kāṅksṣati

Nirdvandvo hi mahābāho sukhaṁ bandhāt pramucyate (V:3)

了悟他永远是一位弃绝者，既不怨恨也不渴望任何东西。事实上，哦，强大武装者，那个人摆脱了对立（快乐和悲伤，愉悦和痛苦，等等），很容易摆脱束缚。

你已经长大不再迷恋童年的游戏，你是弹珠弃绝者。如果整个世界对你而言不比那些弹珠更具有吸引力，如果你的心已经发现了圆满俱足和成熟，那么，你就是真正的弃绝者。

现在很清楚，躲避行动不能让你成为一个弃绝者，你没法选择完全弃绝。承认自己是圆满俱足和自由的人，不依赖任何东西获得快乐，这让你成为一个弃绝者。正如你不能要求某人爱你，或命令一朵花绽放，你也不能命令完全弃绝，你必须等待它发生，同时以正确的态度行动。这个世界具备使你绽放为一朵成熟之花的一切，获得一个自若的心智和行动瑜伽生活的结果，你将自然地发现完全弃绝。

नैव किञ्चित्करोमीति युक्तो मन्येत तत्ववित् ।
पश्यञ्श्रृण्वन्स्पृशञ्जिघ्रन्नश्नन्गच्छन्स्वपञ्श्वसन् ।। 5-8 ।।

Naiva kiñcitkaromīti yukto manyeta tattvavit
Paśyañśṛṇvaṇspṛśañjighrannaśnangacchansvapañśvasan (V:8)

प्रलपन्विसृजन्गृह्णन्नुन्मिषन्निमिषन्नपि ।
इन्द्रियाणीन्द्रियार्थेषु वर्तन्त इति धारयन् ।। 5-9 ।।
Pralapanvisṛjangṛhṇannunmiṣannimiṣannapi
Indriyāṇīndriyārtheṣu vartanta iti dhārayan (V:9)

了悟真相者知道："我从未采取行动"，即使他在进行所有行动，比如看、听、触摸、闻、吃饭、散步、睡觉、呼吸、说话、放下、抓住、睁眼闭眼——知道它是在感觉对象之间游历的感觉器官的行动。

了悟自我不行动者知道：我，意识，支配心智引导感觉器官和行动器官行动；我，意识，从未付诸任何行动。这个人是弃绝者。为了获得这种知识，人们必须发现一个冥想的心智，为此，行动是必要的。所以，准备采取行动，哦，阿周那，以正确的态度行动。

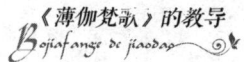

第十章
冥 想

完全弃绝，既非精神上的，亦非身体上的行动；它需要一种恒定的心智，但它不是一种心理状态。完全弃绝是“自我的真意即如如不动”的知识，自我没有任何身体上、知觉上或精神上的行动。了悟自我是不行动的人，即使身体上从事行动也是弃绝者，桑雅士。

然而，有一种被称为完全弃绝的生活方式，它是冥想的而非活跃的。当心智变得冥想时，就没有行动的欲望，可深入探究自我本质（ātma-vicāra），该心智将会发现自由。如果个人仅仅复制这种生活方式，则它不一定会改变心智的品质（虽然这种变化是可能的，如果个人放弃不良陪伴，转向对自我本质探究感兴趣者）。但如果个人改变其心智品质，其生活方式肯定会随之改变。因此，在对渴望弃绝的阿周那的教导中，克里希那强调发展冥想的心智，恒定而非反应的心智，能够洞悉事物的心智，观察而非评判的心智，天生微笑的、不易兴奋的心智。这样的心智是冥想的，有学习的能力。

你不能决定冥想，就像你不能决定爱一样。你可以决定不说话，或不吃饭，或做瑜伽，但你不能决定从今天起，你将爱上某个人。不冥想者不能决定冥想，同理，冥想者不会因地点或活动而影响冥想。如果个人不具备适合冥想的心智，那么行动瑜伽是必要的，以适当态度来行动是获得冥想心智的手段。因此，在行动生活和冥想生活之间没有选择，行动是获得适合探究和冥想生活的心智的手段，从而可以获得自我知识（真正弃绝）。阿周那请克里希那告诉他行动或弃绝两者孰好，但克里希那并未点明，因为在手段和结果之间没有选择，个人必须采取手段来取得结果。在第六章，克里希那说：

आरुरुक्षोर्मुनेर्योगं कर्म कारणमुच्यते ।।
योगारूढस्य तस्यैव शमः कारणमुच्यते ।। 6-3 ।।
Āruruksormuneryogam karma kāraṇamucyate
Yogārūḍhasya tasyaiva'samaḥ kāraṇamucyate (VI:3)

对于具有区别心却想掌握冥想的人而言，行动瑜伽是手段；对于已经掌握了冥想的人而言，完全弃绝是手段。

体验并非知识

认知到我们的自性是圆满俱足的、完整的、恒久不变的是弃绝。导致你疏离该真相的无知和错误，唯有借由吠檀多的教导所获得的知识方能消除。你可能有各种喜悦和圆满俱足的体验，但体验不会赋予“你即存在-意识-喜乐（sat-cit-ānanda）”的知识。你将不断尝试营造情景，以使你获得更多这类体验。我们都体验过快乐，但我们想要长久的快乐，持续的快乐。我们每个人似乎都有一个标准，借此来评判我们的普遍心态。我们说，我们想要一个更深刻的体验，因为我们了解最深刻的体验，最深切的喜悦。当你发现一些特别美丽的东西时，你的头脑会清空片刻，你会捕捉到一个完美快乐的瞬间。这种体验将驻留在你心智中，作为评判所有其他体验的标准，你将继续寻求拥有永远快乐的手段。

快乐的根源是什么？

设想一个伟大的奉献者从印度最南端步行到遥远的北印度的巴德里纳特（Badrinath）。他抵达巴德里纳特的寺庙时，已完全疲惫不堪，并且不得不在旅途中克服许多貌似难以克服的困难，但他最终抵达了寺庙。他满怀喜悦走进寺庙，站在神像前，在见到心仪之神的狂喜中，他闭上了眼睛。当从印度最南端出发的这趟艰难之旅结束，最终站在不远万里只为一睹其圣容的神像前时，他却为何闭上了眼睛？他闭上眼睛并非因为眼睛累了，也并非因为他已经看够了，他闭上眼睛，因为他已经获得了他最渴望的。他一直在追寻主，当终于见到主时，就有一个作为追寻者和追寻目标合一的圆满时刻。眼睛已经达到了其目的，故它们闭上了。在这个圆满时刻，朝圣者不将神视作神祇，而他自己也不是奉献者，神和奉献者彼此融合，二元性消失。

在那个深刻幸福的瞬间，知者与所知对象，见者与所见对象的二元性消失了，仅存非二元（advaita）的、不受时空局限的热情。在那个圆满时刻，无限的渴望得到了满足，除了你别无他物。在那个体验中获得的圆满并非基于任何对象或境遇，是你自己，摆脱了重负、需求、渴望和意愿的心智使然。不幸的是，你并未认识到圆满俱足是你的本性。体验不赐予你知识，它只带给你一个你想要驻留的高度，而你不能驻留任何东西。要了悟圆满俱足是你自己，你需要知识，而要获得知识，教导是必要的。

什么是知识?

老师引用了非二元性的快乐被体验的时刻，并告诉学生“你即那个无限（Tattvamasi）”。你即如如不动（Nityasannyāsta），你即自我闪耀的意识。

物体在太阳或月亮或任何其他光源的照耀下被暴露给你的眼睛，这些光源将物体暴露给你的眼睛。这些光源闪耀着，它们显得光辉灿烂，因为你的眼睛是明亮的；如果你的眼睛没有光，太阳不会闪耀——它不会为盲人闪耀。你的眼睛闪耀，因为你的心智闪耀，眼睛看到，耳朵听到，鼻子闻到，舌头尝到，因为在这些感觉器官背后有一个闪耀的心智。心智闪耀，因为你闪耀，你点亮心智，你是心智之见者。所有的这些——心智、感觉器官、所有光源之所以闪耀，是因为你闪耀；你闪耀，因为你不能不闪耀，你是自我闪耀的意识，无须别的光源。

在印度教仪式中，一块燃烧的樟脑被举到神坛前，在神祇前挥舞着樟脑火念诵的咒语描述了自我闪耀的本质：

न तत्र सूर्यो भाति न चन्द्रतारकं
नेमा विद्युतो भान्ति कुतोऽयमग्निः ।
तमेव भान्तमनुभाति सर्वम्
तस्य भासा सर्वमिदं विभाति ।। कठोपनिषद् 2-2-15
Na tatra sūryo bhāti na canddra tārakaṁ
Nemā vidyuto bhānti kutoyamagniḥ
Tameva bhātamanubhāti sarvam
Tasya bhāsā sarvamidaṁ vibhāti
(kaṭhopaniṣad II:2:15)

那里（在意识，自我中）太阳不闪耀，月亮、星辰也不闪耀，即使闪电亦不闪耀，何以谈及这火（樟脑之火）？那（自我）闪耀，其他一切皆因之闪耀，那个（自我）的光辉照亮了宇宙万物。

通过这个咒语，你接纳你即意识，借此了悟全世界。借由教导开示而接纳该事实的人是明智的，那个人知道他或她不行动，借由意识，心智运作，感觉器官各司其职。当个人接纳自己即如如不动，那他就是一个真正的桑雅士，一个弃绝者。为了接纳这一点，你需要一个恒定的心智，而行动瑜伽是获得这种心智的手段。因此，克里希那告诉阿周那，渴望追求冥想生活者必须采取行动。

自我谴责是问题

以正确的态度采取行动，你将获得冥想的心智。将每个结果都视作主的恩赐（Prasāda），你的心智将变得更纯粹；好恶减弱，你的心智变得没有反应，最终你会发现你的心智是自然冥想的。虽然心智的这种发展需要时间，但没有理由失望或沮丧，永远不要低估自己，也不要妄断自己不适合自我知识。自我谴责对你没有帮助，如果别人谴责你，不要接受他们的评判。个人在童年被他人评判是很常见的，他们企图让你感到：你这一辈子总是匮乏的，无论在家里、在学校，还是在社会，使你得出你是无用的结论，即使一个自夸者也觉得他或她是无用的。如果拒绝放弃对自己的这种否定判断的话，那么，即使神也帮不了你，所以克里希那告诉阿周那：

उद्धरेदात्मनात्मानं नात्मानमवसादयेत् ।। 6-5 ।।

Uddharedātmanātmānaṁ nātmānamavasādayet (VI:5)

你自己提升自己，不要谴责你自己。

因此，克里希那使阿周那的心智做好准备，并告诉他，他所需要的只是他自己，洞悉自我知识即从一切限制中解脱，为了从限制中获得自由，个人不必做任何事情，因为个人的本性是没有局限的。

习惯的问题

到此，已经讨论了无知和错误这些问题。你一直将绳索误认作蛇的恐惧，不仅因为你对绳索的无知，还因为你将绳索当成蛇的错误。“那不过是一条绳索”的究竟知识，将消除无知和错误。同样，教导将让你看到你是无限的，你对本性的无知，以及把自己当成有局限的错误将会消失。如果教导传授了，你准备好了，你会洞悉你的无限性的事实；如果你的心智尚未准备好，你可以以行动瑜伽的态度行事；随着你的心智变得更加稳定，教导将开始有意义。

现在有第三个问题，即使你已经知道如此恐惧的蛇不过是一根绳子，而你的身体发抖——恐惧的后果将持续一段时间。同样，尽管清楚地看到教导的意义，但一旦你离开老师后，你又把自己当成一个有局限的人，身体上和精神上的局限性压倒你，你似乎并未掌握教导的精髓并因此受益，这是因为错误的习惯使然。

假设一个乞丐买彩票中了大奖，在多年分文不名的悲惨生活后，他突然有了自己的车、房子，以及钱可以买到的一切舒适。但是，如果他看到有人在布施，他的旧习惯会让他跑去看布施什么，他甚至伸出手来接受布施。在他的心智中，乞丐变富了仍然是穷人，他与其财富不匹配。这种乞讨习惯不会立即消失，要认识他的新地位，他必须冥想自己为富人，他必须不断意识到他是富人，他必须保持他已富有的意识。当他能做到这一点时，他无须再冥想，他已经明了他不是乞丐，而是富人的事实。

同样的，在日常生活中，当你争着捡起机会之手抛出的快乐碎屑时，你的乞讨习惯出现，如此受限者就是快乐的乞讨者，即使你明白你即存在–意识–喜乐，你所渴望的无限圆满俱足，你仍然觉得你是匮乏的和有依赖的。尽管有钱，你仍然会乞讨，这是一个多年养成的、根深蒂固的习惯问题，终结它需要时间。

冥想的需要

为了打破将自己视作有限的习惯，克里希那建议冥想。忘记是人生常事。在观看三维电影时，即使你知道你正在看电影，当你看到一块石头扔过来时，你会躲闪。你躲闪的那一刻，你完全投入到这部电影中，这意味着你已经忘记了自己。同样，当在世间行动时，人们忘记个人的真实本性，成为一种冲动的存在。虽然人们通常是理性的，但却是旧习惯的受害者，无思考而行动。怎么抛弃这些习惯呢?

克里希那告诉阿周那安住自己，他说:

शुचौ देशे प्रतिष्ठाप्य स्थिरमासनमात्मनः ।
नात्युच्छ्रितं नातिनीचं चैलाजिनकुशोत्तरम् ।। 6-11 ।।
Śucau deśe pratiṣṭhāpya sthiramāsanamātmanaḥ
Nātyucchritaṁ nātinīcaṁ cailājinakuṣottaraṁ (VI:11)

समं कायशिरोग्रीवं धारयन्नचलं स्थिरः ।
सम्प्रेक्ष्य नासिकाग्रं स्वं दिशश्चानवलोकयन् ।। 6-13 ।।
Samaṁ kāyaśirogrīvaṁ dhārayannacalaṁ sthiraḥ
Samprekṣya nāsikāgraṁ svaṁ diśaścānavalokayan (VI:13)

प्रशान्तात्मा विगतभीर्ब्रह्मचारिव्रते स्थितः ।
मनः संयम्य मच्चित्तो युक्त आसीत मत्परः ।। 6-14 ।।
Praśāntatmā vigatabhīrbrahmacārivrate sthitaḥ

Manassamyamya maccitto yukta āsīta matparaḥ (VI:14)

在清净的地方安置高低适中的稳固座位，铺上软布、动物毛皮和草席（Kuśa）。身体、头部和颈部保持挺直，（四肢）不动，（心智）稳定，目光凝视鼻尖，不东张西望。愿那人非常平静，没有恐惧，恪守梵行（brahmacārī）的誓言，控制其心智。愿那人坚定地坐着，一心只沉思我（主），将我视作至上。

这里描述了冥想的适当姿态、环境和态度。让你的身体，包括疼痛被遗忘，有意识地放松身体。妥善安排冥想座位，否则，你的注意力只会分散在你抽筋的腿上。坐好，头部、颈部和背部呈直线，盘腿，闭眼，注视鼻尖。保持这种姿势，不要关心外界，你可能要赴约，但你可以稍后再考虑，此刻是你与自己的约会。暂时让外界事务暂停，感觉器官内敛，不要对周围的声响作出反应。

你内敛，身体放松，物化身体，将其视作一个石雕像。这个过程放松身体，你可能无法想象手的确切位置。然后，

तत्रैकाग्रं मनः कृत्वा यतचित्तेन्द्रियक्रियः ।
उपविश्यासने युञ्ज्याद्योगमात्मविशुद्धये ।। 6-12 ।।

Tatraikāgraṁ manaḥ kṛtvā yatacittendriyakriyaḥ

Upaviśyāsane yuñjyādyogamātmaviśuddhaye (VI:12)

坐在那里，让心智集中到一点。已控制心智和感官者，应该练习瑜伽（冥想）来达到心智的纯粹。

让心智恪守你所发现的真相，你了悟你即一切快乐、圆满俱足、意识、自由、如如不动、不行动、一切和平、一切静默。你即那不动的、无相的、无形的、静默的。让你的心智认识这个事实，接受你即意识、静默——无相无形的静默。

शनैः शनैरूपरमेद् बुद्ध्या धृतिगृहीतया ।

आत्मसंस्थं मनः कृत्वा न किञ्चिदपि चिन्तयेत् ।। 6-25 ।।

Śanaiśśanairuparamedbuddhyā dhṛtigṛhītayā

Ātmasamstham manaḥ kṛtvā na kiñcidapi cintayet (VI:25)

希望你通过运用具有辨别力的智力来逐渐坚定心智，让心智恪守住自我，心无旁骛。

你没必要思考，你已经想得够多了，简单接纳你自己为无相无形的意识，即一切静默，便会立刻产生一种释然，当你想到静默时，你不能不静默。这就是克里希那教授阿周那的冥想。

第十一章

神是谁?

“我”这个词被滥用多于正确使用，由于无知，几乎每个人对自己都怀着错误的概念。对于一件事的误解是错误，正解是知识，任何可能是矛盾的结论都不是知识，而是错误。概念、知识是进一步询证而不被否定或更正的结论，它是终极的。你所谓的你自己的知识是不断变化的——你开心，你害怕，你摆脱恐惧，你是成功的，你是失败的。因此，这不是真正的知识。一个人必须被教导认识其本来面目，正如阿周那在《薄伽梵歌》的第二章被教导那样。有局限的“我”的概念必须被无限“自我”的知识所取代。

局限的形式

局限是三重的。让我们考虑一个对象，比如玫瑰，第一，它有一种形式，占据空间，因此它在空间上是有局限的——它不能同时在两个地方，这被称为空间局限（deśa pariccheda）。第二，花期有时间局限，它有一段时间不存在，一旦时间到了，它将不复存在，这被称为时间局限（kāla pariccheda）。第三，玫瑰的性质使其成为玫瑰，从而与所有其他物体不同，玫瑰只有玫瑰属性，没有任何其他属性，这种局限被称为性质局限（vastu pariccheda），即所谓局限于性质。

造物中的每个物体，包括你的身体，都受制于这三种局限形式。“我在这里”意味着我局限于一个空间；“我出生”表示局限于时间；“我希望我像鱼一样畅游，像鸟一样飞翔”，表示局限于性质。

你的身体、你的想法、你的知识、你的感官——都是有局限的。如果你是这个身心复合体（kārya-karaṇa-saṅghāta），你肯定是有局限的；但你不乐于接受这个局限，你想要自由。克里希那向阿周那解释说，如果自由是可能的话，那就不能异于自我的本来面目。任何获取都不能赋予个人自由，因为每个获取都涉及某些损失。他告诉阿周那：“你不是身心复合体，因为那个复合体被你认知为客体。你是主体，不同于任何认知的客体。你是无形的意识（Caitanya），因此不局限于空间或时间，时空限制属于身心复合体，而非自我。接纳你的本性如其所示显，你不受到限制——你是无限的。”

谁创造这个世界？

认识到“个人的本性是意识”带出一个问题：一切万物，甚至时间和空间，都在意识中，如果我是意识，整个创造就体现在我身上，但是谁创造了这个世界？我当然没有这样做。谁创造了太阳和星辰？我当然没有这样做。谁创造了云？谁制定了万物得以运作的法则？谁设定潮汐和季节的循环？谁供给每个生物的需求？世界是一切生物皆可享用的供给所，它的厨房为每个生物供给食物，无论是蜜蜂、鸟，或是人类。所有生物都装备有适应生存的器官，人类有鼻孔以便从空气中吸取氧气，鱼有鳃以便在水中呼吸。我发现这里没有什么是多余的，一切都被精心设计，包括能够持续一百年的人类机器。谁创造了这个智能的、有意义的造物？

渴望追溯事物的根源是人类的本性。如果我说“有火灾”，你会要求证据。我回答说：“我看到烟雾，因此有火灾。”对于任何推理或假定，人的智力要求找出根源（Hetu），没有这种“寻根问底”的行为，人类就会像动物一样，只能由感官引导，没有推理，没有假定，没有终极的知识。

客观造物的根源

客观造物是所有观察者都能感知到的客体存在，因此你、我和别人都看得到，这与主观创造形成鲜明对比——这种创造只能被创造者所感知。在梦境中，你看到一座山，山不是客观创造，没有人，只有你可以看到它，你在心里看到它，因此它存在。

谁负责这个客观创造？谁创造了这个世界？任何创造必定有一个创造者，他或她知道将要创造什么，心存创造它的目的和手段，那个人被称为智力根源（Nimitta Kāraṇa），一个有智商的人具有创造某种特定东西的知识和技能。一个陶匠知道什么是陶罐，以及如何制作，他知道使用什么材料，如何塑造它，需要什么工具。总之，陶匠具有制作陶罐的知识和技能。一只鸟具有筑巢的知识和技能，一只蜜蜂具有筑蜂窝的知识和技能。这个世界必定有一个造物主，祂具有整个造物的知识，以及创造力。

信仰或知识?

如果我拿着一只手表问你："你相信这只手表有个制造者吗？"你的回答必定是"是的"。你没有看到任何人制作手表，但你仍然说手表制造者存在，你的结论是基于同样"寻根问底"——不必质疑和验证你的曾曾祖父的存在，即使你从未见过他的照片，你存在于此的事实，就是他存在于你之前的证明，你是一个结果，那么必定有一个原因。虽然你不认识手表的制造者，但你让我们分析什么是信念，信念是在获得知识之前的判断，要经查询核实。假设你说“德瓦达塔是好人”，即使你从未见过他，你真的不知道德瓦达塔是好人，仅仅简单相信，因为有人对你说他是好人，而这种信念有可能不符合实际。如果你遇到德瓦达塔，他所作所为并非如此，那么你现在具有的不再是信念，而是关于德瓦达塔的知识。

信念不基于知识，所以它总是被动摇；不能动摇的信念不是信念，它是知识。即使有一百万人说火是冷的，你也不会接受，因为火是热的是知识，这是不能被任何人动摇的。如果我说我相信钟表匠的存在，如果他或她的存在受到否定，那手表是否可能因此就没有制作者？答案是“不”。因此，你所具备的是钟表匠存在的知识，而非信念。

同样，你说你相信神（这个世界的造物主）是不正确的。你看到那些智能而有目的的造物，所以，你不是简单相信——你知道这一切必定有一个造物主，这个造物主应该是无所不知，无所不能的。正如陶匠必定掌握制作陶罐的知识和制作技能，万物的造物主必定具备一切知识和技能。你未在地球上发现这样的存在，因此你想象他或她居住在你所未知的、称作天堂的地方，你说天上的神创造了这个世界。

想象他或她居住在你所未知的、称作天堂的地方，你说天上的神创造了这个世界。

这个简单化的声明不会满足你的智力水平太久，现在的问题是，谁创造了天堂？当神创造了这个世界时，神位于哪里？如果神创造了天堂，在天堂创造之前神位于哪里？这个问题不断出现，是因为我们不能认识到造物的另一个同样重要的原因。

物质根源

对于任何创造物，不仅存在着创造者，智力根源，即有智力的人创造了它，而且还存在创造它的材料。没有黏土，陶匠就不能制作陶罐。制作东西的材料就称为物质根源（upādāna kāraṇa）。世界的造物主必定拥有创造世界的材料，如果这种材料与神不同，人们就会问：谁创造了材料？如果答案是别人创造的，那么，可以说那个“别人”必须被视作世界的真正创造者。但问题依然存在：这个新的神如何获得创造世界的物质？如果他使用一些其他材料来创造，那么，这些材料从哪里来的？为了避免纠缠于无限循环的逻辑荒谬，我们必须说神自己就是造物的物质根源，神在自己身上找到物质，以此创造出世界。《自我知识的科学》（Muṇḍakopaniṣad）中说：

यथोर्णनाभिः सृजते गृह्णते च...

- मुण्डकोपनिषद् 1-1-7

Yathorṇaṇābhissṛjate gṛhṇate ca...

（Muṇḍakopaniṣad I:1:7）

就像一只蜘蛛展开又被扯进（它所编织的网里）……

蜘蛛既是蜘蛛网的材料提供者，又是蜘蛛网的编织者。同样，当你做梦时，你是梦境的造梦者，你也是梦境的材料。你梦境中栩栩如生的海洋、山脉、太阳和月亮都是由你自己臆造出来的，你是梦境的材料（提供者）（Upādāna Kāraṇa）和造梦者（Nimitta Kāraṇa）。

这个世界必定由一个自身即是材料又是造物主的祂创造的，如果神是物质根源，祂就不会脱离其造物。当你拿起一个陶罐，你也拿起了陶罐的材料——黏土；当你拿着一条金链，你也就拿着黄金。无论物体去到何处，它的物质根源始终伴随着它，物体是由创造它的材料所维持的，结果从不与其物质根源分离。如果主是造物的物质和智力根源，那么，什么是主与造物之间的距离？没有距离，主即造物。

克里希那向阿周那解释这个时说道：

मत्तः परतरं नान्यत्किञ्चिदस्ति धनञ्जय ।
मयि सर्वमिदं प्रोतं सूत्रे मणिगणा इव ।। 7-7 ।।
Mattaḥ parataraṁ nānyatkiñcidasti dhanañjaya
Mayi sarvamidaṁ protaṁ sūtre maṇigaṇā iva (VII:7)

प्रभवः प्रलयः स्थानं निधानं बीजमव्ययम् ।। 9-18 ।।
Prabhavaḥ pralayassthānaṁ nidhānaṁ bījamavyayaṁ (IX:18)

मया ततमिदं सर्वं जगदव्यक्तमूर्तिना ।
मत्स्थानि सर्वभूतानि न चाहं तेष्ववस्थितः ।। 9-4 ।।
Maya tataṁidaṁ sarvaṁ jagadavyaktamūrtinā
Matsthāni sarvabhūtāni na cāhaṁ teṣvavasthitaḥ (IX:4)

没有什么东西（根源）优越于我，阿周那，所有这个（世界）编织于我，就像珠子串在绳线上一样。我是造物（由此诞生）、（由此）分解、（由此）维持者，储存所（将来享用之源），以及坚不可摧的种子（成长之源）。我本质是不显现的（不能感知），我遍及这个世界的万物，万物皆存在于我之内，而我却不在它们之中。

在这些经文中，克里希那的意思是这样的：“我是造物的造物主和物质根源。空间、时间、星辰、太阳、月亮、地球、树木、种子、男人、女人，皆存在于我之内，所有这些皆来源于我，并将消融于我，我不与造物分离，不要把我当作坐在天堂看着你们的神！”

在《神遍及万物奥义书》（Īśāvāsya Upaniṣad）中传达了同样的真理：

ईशावास्यमिदं सर्वं यत्किञ्च जगत्यां जगत्।
-ईशावास्योपनिषद् 1

Īśāvasyamidaṁ sarvaṁ yatkiñca jagatyāṁ jagat (Īśāvāsya Upaniṣad:1)

主遍及地球上的一切万物众生。

现在告诉我，你应该在哪里寻找主（Bhagavān）？你就是主。主说：“我是创造你的物质，火、空气、水，你身上的一切都是我本身，所以，谨记，除了我之外什么都没有。”

你如何寻找神？除非你已经断定神远离你，人从来不寻找他的头脑。在这个结论中，你要寻找神，并看到神，存在着神与你不同的固有错误。犯错是因为在获得知识之前得出结论，是一种不思考、不成熟心智的习惯。在获得知识之前，你不能得出结论；在获得知识之后，结论是不必要的，因为知识本身就是结论性的，不受制于解释或否定。

什么是主的形式？

如果主以特定形式出现在你面前，断定他只有那个形式是错误的。受形式限制的神将如同任何其他有限存在一样，不值得崇拜。主是整个造物，一切形式都是他的形式。因此，个人可以任何形式召唤主，主以克里希那的形式教导阿周那："没有什么超越我，我是造物的造物主，万物在我之内融合。"

如果阿周那问克里希那："什么是那个'我'？那个无所不知、无处不在的造物主。"克里希那会回答说："我是意识，因为借此我认识到我无所不知、无所不能、无处不在的形式。" 在这教导之后，有人被问到："在你之内的'我'（有限者）是什么？"那人会说："在我之内的'我'是意识，借此，我意识到我的有限知识、有限能力和有限形式。"

不存在两个无限的意识，你与主是同一意识，一切万物都存在并活动在那个意识中。如果你的参照不是放在你的身体或感觉器官上，而是放在无限的意识上，你可以说："整个世界存在于我之内。"如果你们了悟此处的教导，你们每个人皆可以如此说。

波浪及海洋

海洋中的一朵小浪花正在快速接近岸边，在那里，它短暂的生命即将结束。看到一个巨大的碎浪紧随其后，小浪花哭了起来："请保护我吧，我如此弱小，一朵会凋亡的浪花将行至终点，请把我从毁灭中解救出来吧。"

碎浪对浪花的愚蠢报之一笑，但是它安慰浪花说道："别害怕，你不会被毁灭，因为你不单纯是瞬息的浪花，你是水——这是造就了你的整个海洋的不变真理，海洋是创造你、我和无数其他波浪的造物主。那个海洋遍及一切，随着时间推移，我们将再次融入海洋。你和海洋没有什么不同，你是水，海洋是水。如果你明白这一点，你会看到你是不朽的，你不会被毁灭。"

由于海洋和波浪都是相同的水，主与你是同一个无限的意识。在你之内，意识，是整个创造；在你之内，是主。

第十二章

自我即梵

神我无异

任何造物都有两个根源：智力根源（nimitta kāraṇa）——拥有创造造物的知识和技能的智力存在；物质根源（upādāna Kāraṇa），是创造造物所使用的物质。克里希那对阿周那说："造物确实诞生于我，诞生于我者亦由我维持，并消融于我。"此声明意味着主不仅仅是造物的智力根源，也是其物质根源，因为在造物的存在结束时，造物不能融入其智力根源，而是融入其物质根源，正如陶罐不能融入陶匠，而只能融入黏土。因此，主说："在造物中，没有任何东西超越我，或除开我而存在，因为我是时空持续和万物存在于其中的根源。"

人类没有真正创造任何东西，我们仅仅重新安排、组合主所创造的东西。当我们发现主已经满足了我们所有需求时，我们自然想要表达我们的感谢，但我们发现我们祷告的对象超出了我们的理解。当我们不知道神是什么时，我们用此知名的祷告文（śloka）来作为我们的祷文：

तव तत्त्वं न जानामि कीदृशोऽसि महेश्वर ।
यादृशोऽसि महादेव तादृशाय नमो नमः ।।

Tava tattvaṁ na jānāmi kīdṛśo'si maheśvara
Yādṛśo'si mahādeva tādṛśaya namo namaḥ

主啊，我不知道您的真相，或您像什么。无论您是什么，无论您在何方，愿此顶礼抵达您。

这确实是非常实用的祷告形式，即使你所了解的主的形式或行踪是错误的，这个祷告将能使你到达目的地。

一旦你正确地认识到神是造物的物质根源，你就会意识到，你不必去任何地方寻找祂，神是空、风、火、水、地，宇宙中的一切所有，存在于时空中的任何东西——包括你的身体、感觉器官和心智——任何被创造的东西，正如克里希那所说：

अहं कृत्स्नस्य जगतः प्रभवः प्रलयस्तथा ।। 8-6 ।।

Aham kṛtsnasya jagataḥ prabhavaḥ pralayastathā (VII:6)

我是整个世界的起源，也是它消融的根源。

因为主是造物的物质根源，你可能说："我认知造物，所以我认知主。"但主不能成为你认知的客体，因为一个客体必须与你——主体——不同。主与你没有什么不同，如果万物都与主不同，主所剩下的将不够珍贵。如果你想象你可以将主视作一个客体，你就使自己优越于祂。如果神是你想法的客体，与你分离，你可以解除客体；神，却继续存在。还是想点别的吧。根据你的想法，神将被归类于某种来了又走的东西，那么神与任何其他有限生命没有区别，出现这种情况归咎于你对神的错误理解。

谁是奉献者?

当个人在祷告中召唤主，即表明那人知道神的存在。但是，如果个人不接受主与自己是一样的，那么个人对主的认识是不完整的。在第七章中，这种不完全的知识被称为ajñāna（不究竟知识），具有这种部分知识（知道神）的人，被称为āstika（信神者）。

波浪诞生于海洋，其存在依赖海洋，并且最终融入海洋。波浪与海洋有关，正如人与神有关。海洋造就每一个波浪，但波浪却将海洋视作与己不同。它想："无限的海洋创造了我，一个有限的波浪。"当然，波浪接受其造物主海洋的存在，与认为海洋来自天堂，没有任何东西可以超越海洋的愚蠢波浪相比，这是一大飞跃。

由于接受海洋是波浪诞生的根源，该波浪即是奉献者（āstika），它知道海洋（asti）存在，就像你知道你有一位曾曾祖父一样。

三类奉献者

有三类奉献者：苦难者（ārta）、索取者（arthārthī寻求收获）、求知者（jijñāsu，渴望了悟神）。所有人都具备主存在的部分知识，但他们不知道主不脱离于他们。

苦难者（ārta），当其生活摇摇欲坠时，他挥舞双臂恳求主的帮助，他觉得只有主才能把他从困境中解脱出来，他接纳主的力量，并寻求主的帮助。

第二类奉献者是索取者（arthārthī，渴望有所收获），他知道不得不付诸努力，以便得到他所想要的东西，他不光是依赖神，他也接受神（daiva）存在的必要性。祈祷是行动（karma），像任何行动一样会产生结果。奉献者知道神是法则的守护者和所有造物结果的赐予者（Karmaphaladātā），任何召唤神恩典的供奉都是有效的。个人的祷告可能以身体行动的形式（Kāyika），比如供奉鲜花；以言语的形式（vācika），歌颂主的荣耀；或纯粹精神上的祷告（mānasa）。无论供奉什么皆无关紧要，克里希那说：

पत्रं पुष्पं फलं तोयं यो मे भक्त्या प्रयच्छति ।

तदहं भक्त्युपहृतमश्नामि प्रयतात्मनः ।। 9-26 ।।

Patraṁ puṣpaṁ phalaṁ toyaṁ yo me bhaktyā prayacchati

Tadahaṁ bhaktyupahṛtamaśnāmi prayatātmanaḥ (IX:26)

心智纯粹之人带着奉献之心供奉的任何东西——无论是树叶、鲜花、水果，或是水，我都喜欢。

像苦难者和索取者一样，第三类奉献者也不太了解神，但他对另外两类人所追求的有限结果并不感兴趣，他只想知道关于自己、主以及世界的真相，他被称为求知者（Jijñāsu，渴望直接知识），他寻求主的帮助，以便获得知识。

所有这三类人享有部分知识，每类人都知道主是存在的，一类人想要主帮助他，一类人想要主给他一些东西，一类人想要获得主的知识。在这三类人中求知者是最幸运的，因为他知道追逐生命中的一些结果只能解决小问题，其他人正在这样做，因为他们没有意识到局限的根本问题不能通过任何获取来解决。求知者知道，摆脱局限只有借由了悟自己是自由的而获得，他想要了悟神就像了悟他自己。

第四类奉献者

我们已经讨论了三类奉献者，但是克里希那提到了第四类奉献者。

चतुर्विधा भजन्ते मां जनाः सुकृतिनोऽर्जुन ।
आर्तो जिज्ञासुर्थार्थी ज्ञानी च भरतर्षभ ।। 7-16 ।।
Caturvidhā bhajante māṁ janāssukṛtino’rjuna
Ārto jijñāsurarthārthī jñānī ca bharatarṣabha (VII:16)

उदाराः सर्व एवैते ज्ञानी त्वात्मैव मे मतम् ।। 7-18 ।।
Udārāḥ sarva evaite jñānī tvātmaiva me mataṁ (VII:18)

四类人崇拜我，阿周那：一类苦难者，一类渴望了悟我者，一类欲达到特定目的者，一类了悟“我”者（圆满者）。所有这些都是崇高的，但那个了悟“我”者，是将“我”视作我的真我。

克里希那说，所有这些奉献者都是他喜爱的，因为他们都接纳主的存在和力量，但圆满者（Jñānī）是智慧的，是最伟大的奉献者，因为只有他具备主的恰当知识。

“主是”是部分知识的表达，而“我是主”是完整知识（vijñāna）的表达。了悟主存在，主是万物唯一的根源，是部分知识；但将主视作我、意识，是完整知识，在主和我之内的意识是一样的，所以在我之内是主。

那个了悟自己是水的波浪可以说："我是海洋，水是我、所有其他波浪以及造就了我们的海洋的精髓。"这是完整知识。主说："Jñānī是奉献圆满者，因为他借由知识，已经与我合一，圆满者确实是我自己。"

梵是什么？

这个时候，阿周那听到克里希那使用了一些他不清楚含义的词语，所以我们发现第八章开始于一个问题，阿周那请教克里希那关于Brahman、adhyātama、Karma等词语的意思。

在梵语中，词语的含义基于词根，它是由明确定义的语法规则派生而来的，目前使用的词根不仅仅是词源兴趣，例如，在英语中"世界"（world）这个词的词源是模糊的，所以"世界"本身并没有揭示它的意思。在梵文中，"世界"的词语是Jagat，源于词根jan（出生）及词根gam（离去），这是两个梵文初学者都熟知的词根，因此，Jagat这个词的意思是"出生，然后离去"，这个词本身描述了世界短暂易变的本质。

我们熟悉Brahman一词，翻译成“绝对实相”，尽管我们可能不知道“绝对”或“实相”是什么意思。Brahman是从词根brh派生的名词，即“增加”“长大”，该名词是“大”的意思。

在语法学习中，我们被教导形容词限定名词，但你会发现名词也限定形容词，如果我说一座山是大的，你可以看到特定大小的山。如果我对建筑物使用相同的形容词，比如“大建筑”，这个“大”的意思只是“建筑大”，而不是“山大”。如果我想看到一个大的微生物，我需要一台显微镜，形容词“大”保持不变，其尺寸随着名词的限定而变化。因此，名词也限定形容词。

如果我从词根bṛh形成一个名词，其意思是“大”，没有东西限定这个“大”，它是无条件的大，它没有任何形式，也没有任何限制。无限梵（Paraṁ Brahma），不受空间或时间的限制，这确实是自我（adhyātma或ātmā）。存在、意识、圆满俱足是个人的实相。ātmā这个词被解析为：那个遍及万物者被称作ātmā（āpnoti, vyāpnoti sarvam iti ātmā）。因此，自我是梵、无限。神和个人仅仅表面上是两个实体，在两者之后是无限梵，祂是不变的，不朽的（akṣara）——那即自我。在第八章，克里希那说道：“他知道自己与我无异，他是与我合一的，他是智慧的，已从生死中解脱。”

差异只是表面的

神和个人之间没有真正的区别，只是他们的服饰（veśas）不同。在舞台上，一个人扮演乞丐，另一个扮演国王，国王命令人们尊重和顺从他，而乞丐及其语言只唤起同情，但在演员休息室里没有乞丐或国王，他们都是同样领工资的演员。同理，神是整个创造，而你我只是有限的生命，由于我们的服饰不同，我们貌似不同。在作为神（īśavar）的角色中，祂的身体是无所不在、无所不能、无所不知的；在你作为个人（jīva）的角色中，你的力量、知识和其他方面都有局限。这些表面的东西并不代表真正的差异，这些局限性属于身体，而不属于自我，那个意识的本质。

你是没有局限的意识，你的身体只是表面的局限，心智觉悟于这个事实的人与主相同。很多人批评吠檀多，因为他们不能捕捉到这个视野。吠檀多是实相的知识，而非似是而非的知识。当你看着在凹凸镜里的自己时，你不会惊讶于你所看到的扭曲镜像，你知道这只是表面的镜像。同样，即使在演戏的时候，你可能在舞台上扮演乞丐的角色，但不会受乞丐那样的苦。克里希那告诉阿周那，个人应该冥想这个教导，直到该视野清晰。

अभ्यासयोगयुक्तेन चेतसा नान्यगामिना ।
परमं पुरूषं दिव्यं याति पार्थानुचिन्तयन् ।। 8-8 ।।

Abhyāsayogayuktena cetasā nānyagāminā

Paramaṁ puruṣaṁ divyaṁ yāti pārthānucintayam (VIII:8)

冥想时一门心思思念我，心无旁骛者，就能到达那个无限的、光明的主。

生死轮回（Saṁsāra Cakra）

世上没有什么东西真的终结，物质不会被摧毁，能量也不会，一种形式可能会转换为另一种形式，但并不会完全消失，认为意识将会终结是没有逻辑依据的。

你是正在使用着这个身心复合体的意识存在。当身体（物质）死亡和分解时，意识存在不会死亡。经文说：意识存在是一个旅行者，抛弃一个身体，采取另一个身体，死亡只意味着意识存在与特定身体的联系已经结束。当意识存在采取人类身体时，他或她所执行的善恶行为，产生好坏结果，一些结果在这一生终止，而其他结果不会终止。那些未消化的结果——美德（puṇya）、罪孽（pāpa）将来某个时候将被继承，直到那个时候，它们保存在该意识存在的账户上，根据该美德罪孽“账户”，意识存在获得另一个身体，借此他或她执行行动，积累更多的美德和罪孽，这将导致他或她采取另一个身体。这样，意识存在不断变动，这是生死轮回（Saṁasāra Cakra）。如果意识存在认为他或她是身陷此轮回者（samsārī），归咎于这个错误："我是一个行动者，行动的结果属于我。"

如果你知道你是如如不动的，你怎么会执行行动，且结果怎么会属于你呢？当个人接纳个人的本性是如如不动的，个人"账户"里的美德及罪孽都被注销了，因为不再有行动者来收割那些结果，那个智者将不再重生，因为没有美德罪孽来继承，因此没有理由采取另一个身体。

有些人欢迎死亡，寄希望通过死亡来终结他们的问题，但死亡并不会让任何人摆脱问题，个人只会不断生死轮回于这个悲伤的短暂世界中。你哭泣着出生，你继续哭泣，从悲伤到悲伤，直到你死的那一天，轮回不是一个快乐的回合，你身陷其中，直到你了悟你的本性是如如不动，你将不再受到行动及其结果的束缚。

通过知识终结轮回

了悟主和你是如如不动的意识，你会毫不费力地到达主，因为主就是你自己。

अनन्यचेताः सततं यो मां स्मरति नित्यशः ।
तस्याहं सुलभः पार्थ नित्ययुक्तस्य योगिनः ।। 8-14 ।।

Ananyacetāssatataṁ yo mam smarati nityaśaḥ
Tasyāhaṁ sulabhaḥ pārtha nityayuktasya yoginaḥ (VIII:14)

哦，阿周那，我是很容易到达的，因为那个瑜伽士总是记挂我，心无旁骛，只思念我。

你认为你丢失了钱包，到处寻找，当你意识到它就在你的口袋里时，还不能得到它吗？了悟你自己是无限的存在并非你需完成的行动，没有努力，不需要行动，你不需要做那么多收缩肌肉的运动，没有必要做任何瑜伽体式，不涉及技术，你只需认识自己是无限的。克里希那说："那个人正确地接纳我，不思他自己，对他来说，我是易于到达的（Sulabha）。个人想要这个那个，只对实现小目标感兴趣，将不会到达我。通过路径，个人无法到达我，你可以通过路径到达终点，但是你无法切割路径来到达你自己。有各种各样的技巧使你的心智更加纯洁、更恒定、更精微，但真正的目标不仅仅是提高心智，它是了悟你自己，因此那没有路径。"

黑暗不能遭遇光明，随着光明到来，黑暗消失；同理，愚昧与知识也相互对立。克里希那说："'我'是最容易到达的，‘我’也是最难到达的，如果你找寻‘我’，你找不到‘我’。但是，对于那些心智有准备者得到教导的恩赐，‘我’很容易悟到。”

第十三章

秘密之王

《薄伽梵歌》的第八章关于梵（Brahman）的定义是：不朽的，无限的，不受空间、时间和品质限制的。唯有意识、我，是无限的。你所认知的一切都是你认知的客体，相对它们而言你是知者；相对你自己而言，你是知识——并非任何客体的知识，而是纯粹的知识，任何特定知识的内容，无形式的纯粹意识。因此，意识不受时间，或空间，或品质的限制。意识即梵，自我即意识（ayamātmā brahma），它即梵。这就是所有《奥义书》的启示。

你把自己当成一个有限的存在，一个凡人。虽然肉体、感觉器官和心智是你认知的客体，你将其所有局限加诸自我之上。你不能忍受限制，并试图消除它们，这个摸索称作世俗追求（saṁsāra）。

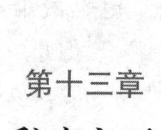

局限是不合理的，不能通过消除思想来解决，

比如进入三摩地（samādhi），或通过提升昆达尼里（kuṇḍalinī），或其他行动。你消除一个特定念头或欲望，而更多欲念冒出来，就像多头怪兽的头一样。除非你摧毁无明，即造成这个问题的根源，否则问题就不会消除，无明的黑暗只能通过知识之光来消除。

知识领域之王者

在《薄伽梵歌》的第九章，自我知识被称为知识之王（rāja-vidyā）。知识有很多学科：炼金术、占星术、天文学、植物学、化学、逻辑学、语言学，等等。每个学科的空间是如此巨大，没有任何人在所有这些领域中哪怕一个领域拥有定论权，因此，社会需要每个学科的专门人才。必须有人知道如何制造汽车，有人知道如何制造火箭，有健康问题的律师需要医生，有法律问题的医生需要律师，因此，我们活着要互相帮助（parasparaṁ bhāvayantaḥ）。

然而，在所有知识体系中，有一门知识人人皆需了悟，了悟那门知识后将会变得高深莫测，那就是关于你的知识。有人想获得其他每一种知识，如果不发现自我实相的话，这纯属浪费生命。你可能做事有效率，但如果你不了悟自我，你将永远是一个有困惑的人，也使其他人困惑。因此，克里希那说，必须获得自我知识。这个知识的福报是如此之大，以至于你的生活将完全被它它改变，这种知识不在选择范围之内，你必须了悟你自己。

下述问题见于《剃度奥义书》（Muṇḍakopaniṣad）。

कस्मिन्नु भगवो विज्ञाते सर्वमिदं विज्ञातं भवभीति ।
-मुण्डकोपनिषद् 1-1-3

Kasminnu bhagavo vijñāte sarvamidaṁ vijñātaṁ bhavatīti (Muṇḍakopaniṣad I:I:3)

尊敬的先生，了悟那个以后，就了悟每件事了吗?

一个客体的知识不会赋予你另一个客体的知识，陶罐的知识不会赋予你布匹的知识。这里说的是：当梵——即你和神的实相被了悟后，一切也就了悟了。那怎么可能呢?

认知主

主说："如果你了悟'我'，你就了悟了整个世界，因为'我'是一切造物的根源。"主是任何造物的物质根源（upādāna kāraṇa），祂维持那个造物，并贯穿始终。主是整个宇宙的物质根源，祂说："'我'遍及所有造物（Mayā tatamidaṁ saṛvaṁ）。"所以了悟到主，也就了悟一切。

但是，主也说："造物非我。"这怎么可能？每一个波浪都是水，虽然波浪没有独立的存在——它完全取决于水，水却可以完全独立于波浪。如果水只是波浪，无论水存在何处，都会以波浪的形式出现。水，波浪的物质根源，存在于波浪中，并维持着波浪，但水非波浪。

因此，主非造物，即使造物被主遍及。造物借由祂得以存在、维持并消融于其内的是至上梵（paraṁ brahma），无限的存在，意识。无一事物例外。

认知自我

考虑一个客观造物——一条银链子，链子在制作之前不存在，但材料——银，存在那里。链子制成后，银仍然存在；如果链条破裂或熔化，链子将会消失，但是银仍然会保留。如果银存在于链子制造之前，链子断裂之后，以及这两段时间之间，链子在哪里？想象一个人知道什么是银，但不知道链子是什么，他想看到一条链子，你给他看那条链子，但他会称它为银。银链子由链子组成，每个链子不过是银而已，何来链子？他只认识银。你不得不承认他是正确的，除了银，没有别的实相。"链子"这个词不过是共识，我们把那个东西称为链子。因此，链子只是特定形式的名称。

任何造物只是名称（nāma），一个赋予形式（rūpa）的名称，造物本身就像一个伟大的魔法，那个可供公众了解和掌握的，呈现给每个人感官的，是主的造物（īśvara sṛṣṭi）。我们都感知到这个世界，这是客观造物；你投射个人的观点和价值观，看到一个不同的世界，这是你个人的主观造物，它被称为个人造物（jīvasṛṣṭi），只有你个人能看到。主说“我是主”，你说“我是个人”，两者都有一个共同点：我……我……我，这个“我”即梵，一个无限的意识，主和我是一个意识，从这个意识产生客观和主观造物。你心智所投射的，及主所投射的——两者都源自一个意识。

真实的和表面的：最大的秘密

梵确实要经历任何内在的变化才能成为世界吗？为了回答这个问题，让我们回到银链子。在变成链子或作为链子时，银经历了什么变化？如果银在成为银链子时经历了变化，那么银链子不再是银，而是别的东西。黏土成为陶罐没有经历变化；水没有经历变化，即使波浪诞生；没有任何内在变化，事物就诞生了。如果一个结果产生却没有任何内在变化，那么所谓“变化”只是表面的。结果可以享有不同的名称和形式，但事实上它与其根源相同。因此，表面是银链子，而实相是银；波浪存在于水，陶罐存在于黏土。黏土是真实的，陶罐是表面的，当黏土存在时，陶罐存在；但是当陶罐已经消失，黏土依然保留。

当另一个存在时，这个存在；但是，即使这个没有了，另一个还存在，这是一个惊人的现象，在《薄伽梵歌》的第九章这被称为秘密之王（rājaguhya）。现在请仔细阅读：你是无限的意识。无限意识存在，因此，主存在，世界存在，你自己所接纳的世界存在——无论你的接纳恰当与否，你的渴望存在，你渴望的对象存在，一切皆存在。所有这一切均存在于意识中，所以，克里希那说："万物皆存在于'我'之内（matsthāni sarvabhūtāni）。"明白这是什么意思：万物皆存在于"我"之内。这是最大的秘密：主是"我"。

对主，你可以说："万物皆存在于我之内。"这个视野并非从身体的角度出发，而是从纯粹意识的角度出发。世界存在，你存在；世界消失了，你依然存在。在睡眠中，世界消失了，但你依然起来并说你睡着了。意识本身不受这些变化的影响，因此，主说："并且，无物存在于'我'之内。"（Na ca matsthāni）

这些陈述揭示了永恒与时间局限、无限和有限、绝对与相对之间关系的本质。

作为演员，你可能在第一部电影中是国王，在第二部电影中是弃绝者（sannyāsī），在第三部电影中是部长，所有这些人物都在你之内，这些是你作为演员所扮演的各种角色，但你不是那位国王，也不是弃绝者或部长。对于这些相对角色，你是绝对的，那个扮演所有角色者，在他身上每个角色均存在；从你自我的角度来看，你是独立于所有角色以外的。这就是主所谓：万物皆存在于我之内（matsthāni），并且，无物存在于我之内（na ca matsthāni）。从你自己的角度来看，从阿特曼（ātmā，自我）的角度来看，你是意识，在其中造物存在，而意识本身是超然于整个造物的。无限意识和你（有限个人）之间的差异，是真实的和表面的差异。银是真实的，链子是表面的。同样，你独自闪耀，一切皆依赖你的存在。因此，克里希那说："阿周那，你不是你自以为是的那样，事实上，你恰好相反，你认为你是有限的，但在你之内整个造物存在。"

这是伟大的秘密，一般的秘密可被窥探而解密，但这个秘密不能借由你自身努力而暴露或发现，因为它就是你。像找寻第十个失踪者一样，只要你一直在寻找你自己的话，你就无法找到你自己。

对于尽一切可能方式，一直将他或她自己当成有局限的人来说，这个教导的真相是一个秘密。如果你觉得你是环境的受害者，那是因为你认为你是有局限的，并且世界是真实的。作为这种观念的结果，世界一定会冲击你，你会认为世界对你太过分了。事实上，你是造物的中心，你存在，造物因你而存在，那它怎么会伤害你呢？

你是圆满俱足

当陶罐制成时，陶罐空间（由陶罐包围的空间）不必在空间中弯曲一个区域，为自己腾出空间。空间存在于陶罐内外，并不受到陶罐壁的限制，它可以容纳万物，依旧是一个无限的空间。同样，我，意识，维持万物。下面这句话描述了我的圆满俱足：

अन्तः पूर्णो बहिष्पूर्णः पूर्णकुम्भ इवार्णवे ।

Antaḥ pūrṇo bahiṣpūrṇaḥ pūrṇakumbha ivārṇave

一个装满水的陶罐淹没在海水中，其内外皆是充满的。

陶罐之内是水，外面也是水，陶罐内外都充满了水。同样，我是意识，是整体，是圆满俱足。思想来了又走，思想的对象来了又走，但是，我，意识，不受影响，正如海洋不被淹没的陶罐壁分开一样。如果我，意识，将它自己作为一个思想，任何事情都会影响它，它的心智就会有所反应。但我不是其思想，我是意识，圆满俱足，静默。让感知的对象到来，意识，我，不受它们的影响。我，是独立的、静默的意识，万物因我而存在。

这个知识颠覆你，与其为了快乐而依靠事物，不如你认识到你事实上是圆满俱足的、完整的存在，万物均存在于其中。世界存在，你存在；世界不复存在，而你依旧存在。因此，“我”变得真实，世界依赖“我”而存在。那个不独立存在的被称为mithyā（幻相），“我”是satya（实相），真实的；世界是幻相，表面的；接纳这个关于你自己的简单真相。克里希那描述世界与我之间的这种关系道：

मत्स्थानि सर्वभूतानि न चाहं तेष्ववस्थितः ।। 9-4 ।।

Matsthāni sarvabhūtāni na cāhaṁ teṣvavasthitaḥ (IX:4)

न च मत्स्थानि भूतानि पश्य मे योगमैश्वरम् ।। 9-5 ।।

Na ca matsthāni bhūtāni paṣya me yogamaisvaraṁ (IX:5)

众生皆存在于“我”之内，但我不存在于他们之内。

在“我”之内众生不存在。看“我的”荣耀。

这是最伟大的魔法，魔法师是主，那位主就是你。没有经历任何变化，你，主，已经创造了整个造物，它将再次消融于你。克里希那说：

राजविद्या राजगुह्यं पवित्रमिदमुत्तमम् ।
प्रत्यक्षावगमं धर्म्यं सुसुखं कर्तुमव्ययम् ।। 9-2 ।।

Rājavidyā rājaguhyaṁ pavitramidamuttamaṁ

Pratyakṣāvagamaṁ dharmyaṁ susukhaṁ kartumavyayaṁ (IX:2)

这是知识之王，一切秘密之王，最崇高的纯粹之物，那个直接可以了悟的，它符合正法，它是最容易达到的，其结果不被摧毁。

这是秘密中最神圣的，该知识对于有准备者而言是易于学习的，而对于无准备者而言是最困难的。所以克里希那再次建议阿周那为了一生的学习，如何做些准备。

人类的关心

克里希那说："即使你不能遵循目前为止给你的教导，你也可以做一些事情来达到你的目标。"

अनन्याश्चिन्तयन्तो मां ये जनाः पर्युपासते ।
तेषां नित्याभियुक्तानां योगक्षेमं वहाम्यहम् ।। 9-22 ।।

Ananyāśintayanto māṁ ye janāḥ paryupāsate

Teṣāṁ nityābhiyuktāṅāṁ yogakṣemaṁ vahamyahaṁ（IX:22）

对于那些崇拜"我"，冥想"我"，除了"我"以外心无旁骛者；那些不断沉浸于冥想者，“我”会照顾好他们的瑜伽（yoga）和福祉（kṣema）。

克里希那向阿周那说了这番话：“如果你没有明白这些教导，那是因为你的心智充满了好恶，你必须摆脱它们的束缚。把你的生命托付给‘我’，接纳‘我’是一切万物的根源，以及赋予行动结果者（karma phala dātā）。祂赋予你行动，而‘我’赋予结果。无论你认识‘我’与否，‘我’将赋予你所应有的行动，当结果到来时接受它。当你采取行动时，思念‘我’；当行动结束时，思念‘我’。‘我’会照顾你的瑜伽和福祉。”

在你的生活中你想完成的任何事情，都可以归类为瑜伽或者福祉。瑜伽被定义为：“获得你所没有的即瑜伽”（aprāptasya prāpaṇam）。一个人不快乐，因为他一直在努力获得某些东西，却一直无法获得，这是瑜伽的问题。福祉被定义为：“保护你所拥有的是福祉”（prāptasya rakṣanam）。一个人因为儿子遇到意外而感到悲伤，这是福祉的问题。生命中没有第三个悲伤根源，要么我们想要一些东西，要么我们不想失去已经拥有的东西。生命的轮回（saṁsārī）消耗在瑜伽和福祉的追逐中。克里希那向阿周那保证，那些将自己托付给他，并认识到他是行动结果赋予者之人，他将照顾好他们的这两个需求。

接纳主作为行动结果赋予者（karma phala dātā）仍然是印度文化的一部分。主赋予行动结果，甚至对于那些不认识祂的人。但他们没有认识到这点，他们认为他们背负着瑜伽和福祉的负担，他们就像骑着骆驼将负担顶在自己头上的人，认为他们正在使骆驼免于负重。

不要无端受苦，认识到“一切结果皆来自主”是正确的。以这种态度，好恶将被化解，即所谓：万物在“我”之内，然而，无物在“我”之内——将会非常清晰。随着你的心智变得更清晰，摆脱了反应，你将会发现自己是整个造物所依赖者。这并非涉及变成或改变的转化，它只是放弃无明。这就是秘密之王，那个秘密被你自己隐藏，在你自己之内。

《薄伽梵歌》展现了这个视野，这也是《奥义书》的视野。主（Tat）即那个无限，你想成为的自由“自我”，汝即那（tat tvaṁ asi）。这即秘密之王。

第十四章
主之荣耀

主已经揭示了该揭示的，但是，阿周那看不清楚的问题依然存在。主先前已经说过：“如果你不能够理解这一点的话，那么你必须净化你的心智，付诸行动，看到结果遵循‘我’的法则，这是抵消好恶的唯一手段。通过行动瑜伽，你会获得一个镇静的心智，一个能够学习的心智。”

一个和平的心智

克里希那之前说过：

ज्ञेयः स नित्यसन्नयासी यो न द्वेष्टि न काङ्क्षति ।। 5-3 ।।

Jñeyassa nityasannyāsī yo na dveṣṭī na kāṅkṣati (V：3)

那个既无憎恨，亦无欲望者，被称为桑雅士（Sannyāsi），一个弃绝者。

智者不屈服于好恶，一个了悟无限自我者，不会随着生活中来来往往的事物而经历起伏，智慧带来镇静。

似乎，克里希那说，为了获得知识，镇静是必要的；为了获得镇静，知识是必要的。这并非恶性循环，意思是：要拥有绝对镇静，你首先必须相对和平。一个相对静默的心智会发现静默是你的本性；一个相对和平的心智会发现和平是你的本性；一个相对同情的心智会发现同情是你的本性。从不安的生活中无法发现和平，个人从培养相对和平的价值观开始，和平可以通过行动瑜伽的态度带来。享有这种相对和平的心智，通过自我知识可以发现绝对持久的和平。看这两者之间的区别：你是和平，你的心智是和平的。在第二句话中，和平是一个形容词，而在第一句话中，它是一个名称——它即你。克里希那建议阿周那培养正确的态度，发展和平的心智，因为心智处于和平程度时对教导敞开。

敏感的心智

我们经常听到心智净化（antaḥkaraṇa-śuddhi）的说法，这是什么意思？心智净化意味着消除产生在心智中的好恶所引起的反应。每个人都有很多好恶，人类被赋予了选择的能力，自然不会设计我们行事的特定方式，我们通过自由意志作出选择，在过程中拾起好恶。孩子成长带着好恶，有时是非常微妙的，你没法培养出一个不具有好恶的孩子，因为孩子尚未具备避免好恶的智慧。随着一个人变得成熟、受教育、有文化、有文明，他产生更微妙的好恶。有些人的好恶是粗糙的，而有些好恶是非常微妙的。诗人、艺术家和科学家都具有高度敏感性，因此他们能够看到比普通观察者更多的东西。这种敏感性可能成为一个问题，因为一个人越敏感，对好恶的力量变得越弱势。如果他或她所享有的敏感度没有坚强的支撑，这种人没遭遇啥灾难都会伤心，即使天气变化也会让他们愁眉苦脸。如果一个人很敏感，那他也必须有一个缓冲，以抵消对不遂愿之事的个人反应。缺乏这种缓冲态度及理解所支撑的心智不会是强大的。

如何改变一个人的态度？

一个男人爱上了一个女人，他决定娶她。在他们结婚前夕，他得知自己的新娘在孩提时曾在一个盛大节日走丢了，她由寄养父母抚养长大。他记得很久以前自己的妹妹也在那个节日走丢了，经过进一步询问，他发现原本打算结婚的女人竟是他自己走丢的妹妹，他对她的态度立刻改变了，他现在把她当成妹妹，而非妻子。

这种态度的转变是由知识带来的，别人认为她是他妹妹的任何恳求也不会带来这种变化，最多只能让他压制对她的感情。当他确凿无疑地发现原本视作妻子的女人真的是他的妹妹时，他的态度才真的改变了。

因此，一个敏感的心智被告知要发展一个缓冲来抵消反应，只有当那个缓冲是一种知识，一种基于理解的态度，才能做到这一点。那个态度是恩赐智性（prasāda buddhi），欣然接受来自主的行动结果，将此态度牢固植根，而非有条件地保留。个人必须了悟主的荣耀，看到在这个世上，我们作为个人可以宣称做我们自己。

在生命中你拥有什么？

在我们的一生中，没有任何东西属于我们。我们应该永远谨记，我们是这个星球上的旅客，我们出生在这里，但我们签到一个未知到期日的签证，既然我们来了，某一天也终将离去。

我们来时两手空空，每个人出生时是一个很小的身体，具有一定的成长潜力，但我们没有带来氧气或食物以维持60年或80年。但令人高兴的是，自然似乎对我们的需求有完美的了解，它让植物吸收我们呼出的二氧化碳，供给我们呼吸的氧气。因此，根据自然的设计，我们可以生存，相互帮助，似乎我们来到一个设备齐全的宾馆。

你不能声称对发现于造物中的任何东西拥有权力，如果你不是创造者，你就不能是拥有者，创造者才是拥有者。你不能说你创建了一个商业帝国，因为要做到这一点，你必须先（于一切）存在，但是你不是你自己身体的创造者；你的商业机构建在一块不是你创造的土地上，你在那里的建筑，不是你的创造，自然法则对建筑负责；建造建筑物的材料来自造物，砖不是你的创造，它可能是由提供黏土的主创造的。你的创造究竟是什么？

你无法列举一件事，所有权不过是个概念。

设想一个人拥有一套住宅，一套位于五层楼建筑第三层的公寓，她称之为自己的房子，但让我们来看看她真正拥有什么。她不拥有建筑物所在的土地，或她的公寓所在的地面；即使在她自己的公寓里，她也不拥有地面，因为它是下面那家伙的天花板；她不是天花板的主人，因为那是她上面人家的地板；左边的墙恰好是她邻居公寓的右边墙壁，右边的墙壁自然是另一个邻居的左边墙壁；她不能说她拥有墙壁旁边的空间；虽然她坚持认为自己是业主，但是这并未赋予她任何东西的所有权。

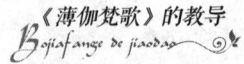

一个人可能说他拥有某件东西，但是说拥有它是无知的，因为我们的一切都是被赐予的。我们在这个世界上创造了什么？人们可能说我们创造了很多发明，但唯有存在潜能时，发明才成为可能；往返月球是有可能取得的成就，而往返太阳却是不可能的。可能性被赐予我们，运用我们的智力（那个也是被赐予的）我们探索、发现和利用这个世界，任何年代的任何成就皆如此。

造物主的荣耀

克里希那在第十章说，发现于任何地方的任何荣耀皆属于“他的”。“因为‘我’是整个造物的物质根源，这里的任何荣耀都是‘我的’。吹拂的风是‘我自己’，照耀的太阳是‘我自己’。我是智者之智慧和强者之力量；歌手的歌喉是‘我的’礼物，它并非被歌手创造——他只是利用它。眼睛可以看到，是‘我的’荣耀；耳朵可以听到，是‘我的’荣耀。无论哪里有非凡的荣耀，你肯定在那里见到‘我’，虽然‘我’无处不在，在这些特定事物中尤其能见到‘我’：‘我’是山脉中的喜马拉雅山，‘我’是山峰中的珠穆朗玛峰，‘我’是河流中的恒河。”

在此，没有特权属于任何人，一切名誉皆属于主。这就是为什么在印度，伟大的音乐家总是歌颂祂的荣耀，而不是任何凡人的荣耀，他们认识到，即使他们的歌唱也是祂的荣耀；伟大的雕塑家只会雕刻主的形式；在印度跳舞不是为了获得快乐，也不是为了运动，它是作为主神坛上的供奉。

谁拥有你的身体?

没有人可以声称拥有任何东西，甚至不拥有自己的身体。你的母亲声称拥有你的身体，因为是她孕育了它，并抚养它长大；你的父亲声称拥有你的身体，因为他是它的首要根源（nimitta kāraṇa）；你的配偶拥有你的身体，是通过婚姻圣礼约定俗成的；你的雇主声称拥有你，因为你领工资为他工作；国家声称拥有你，作为公民你对国家负有义务；蔬菜、小麦和大米也可以声称拥有你的身体，因为它们为它提供营养；如果你是一个食肉者，每只山羊和鸡都可以向你提出诉求；地球有一个诉求，因为一切都是由它诞生的——最后亦回归地球；火可以对你提出诉求，因为只要你活着，是火一直保持着你的体温；水可以对你提出诉求，因为它保持身体的形状；你呼吸的空气可以向你提出诉求；你容身的空间可以向你提出诉求；当然，你体内的生物体可以向你提出诉求，因为它们已经存在于你体内世世代代——这是它们的家，它们继承下来。但是仍然有人说，“这是我的身体！”

所有权只是一个概念，你不拥有你的身体，也不拥有任何外在的东西。即使你所获得的知识并非完全由你创造，你从教你科学、语言、数学等许多老师那里学到它们。任何成就皆归功于成百上千个因素，甚至五元素。你仅仅生活和享受赐予你的东西，因此，主说：“阿周那，接纳一切皆是‘我的’荣耀。”

यद्यद्विभूतिमत्सत्वं श्रीमदूर्जितमेव वा ।
तत्तदेवावगच्छ त्वं मम तेजोंऽशसम्भवम् ।। 10-41 ।।

Yadyadvibhūtimatsattvaṁ śrīmadūrjitameva vā

Tattadevāvagaccha tvaṁ mama tejo’ mśa saṁbhavaṁ (X：41)

无论是辉煌、繁荣还是强大，知道它不过是“我的”荣耀之火花。

阿周那仿佛被告知，“‘我’是你的手、眼睛、耳朵，何以存在你拥有任何东西的问题？当你记得一切皆来自‘我’时，你会发现你的心智已经变得完全不同了。你处于一个为你的福祉供给了一切的世界里，置身其中，享受它”。

宇宙人

然后，阿周那对克里希那说：“我明白你是物质根源，你主宰整个造物，我这双眼睛无法一次看到你所有的形式，但我渴望看到你的宇宙形式。请赐予我一些力量，借此我可以看到你的整个造物。”克里希那赐予阿周那一个特殊的视野，借此他能看到克里希那的宇宙形式，整个造物皆存在于克里希那中。

当你超然于事物之外来看事物时，所看到的东西与你原先看到的不一样；如果你超然于自己——那个身心复合体，你看到你不是那个复合体——你只是意识，在你之内存在整个造物，这是通过知识获得的真正宇宙观。在克里希那的幻力冲击下，阿周那获得这个视野。他看到美丽的东西和可怕的东西；他看到毗湿摩、德罗纳以及其他人处于死亡的下颌，被碾压进时间的嘴里。

当你出生时，死亡就伴随着你，你的每根皱纹和灰白头发都是它的杰作。阿周那看到这个杰作戏剧化地压缩在很短时间内，他害怕了。“你似乎是一阵火焰，吞噬整个世界。请返回你的原本形式，黝黑美丽的克里希那。”

给阿周那显现这个视野后，克里希那说：“现在你知道有‘整体’这样的事，不要以为你置身度外。看‘我的’荣耀，让你的心智、感觉器官和身体始终接纳‘我’，你所看到的东西是‘我’，使你看到的力量也是‘我’，你越接纳这点，你越发现对这个美丽的世界无怨无艾。”

第十五章 虔信

《薄伽梵歌》的前六章主要讲个人（jīva），第7–12章讲主。《薄伽梵歌》的视野是主（īśvara）——造物的智力和物质根源，与个人没有本质上的不同。从“自我”的角度来看，个人（jīva）和主（īśvara）是相同的，两者皆是存在–意识–喜乐（sat-cit-ānanda）。

当然，主和你的形式是有区别的，你只有两只手和两条腿，你肯定是有限的；相反，主是整体，包含所有形式。你的形式由主创造，包含在他无处不在的宇宙形式中。但是关于“自我”，主和你共享一个共同的存在和意识，就像波浪和海洋皆存在于相同的水中，你和神皆是同一个无限的意识。

个体和整体

一个波浪可以将自己视作海洋——整体；或者视作波浪——个体。视作波浪，它是有限的，一分钟前出生，瞬间死亡。然而，即使波浪不能接受自己为水，它至少可以接受它诞生于海洋这个事实，它由海洋维持，最终回归海洋。因此，它的形式包含在海洋中，波浪臣服于它的主——海洋。

如果不能接受主以及你自己的共同真理，你将自己只视作个体，那么，至少要努力接受万物的智力和物质根源（nimitta-upādāna-kāraṇa）是主。这是克里希那在第十一章结束时对阿周那的建议：

मत्कर्मकृन्मत्परमो मद्भक्तः सङ्गवर्जितः ।
निर्वैरः सर्वभूतेषु यः स मामेति पाण्डव ।। 11-55 ।।

Matkarmakṛnmatparamo madbhaktassaṅgavarjiiaḥ
Nirvairassarvabhūteṣu yassa māmeti pāṇḍava (XI:55)

哦，阿周那，为了“我”之缘故而付诸行动，把“我”作为终极目标，奉献于“我”，没有依附，对任何生灵不存在敌意者，那人到达“我”。

在这里，克里希那建议那些无法了悟主之真理即自我真理的奉献者像仆人（bhṛtya）一样行动—— 一个顺从的仆人按照主人的意愿行动，而不是按照自己的好恶来行动，这个例子被称为主仆比喻（svāmī-bhṛty-nyāya）。

在以责任为基础的社会中，每个人各尽其责，从而避免不和谐，尽其所能，保障了他人的权利。每个公民都谦恭地工作，明白他或她对社会的责任。如果你不将自己在社会中的存在视作一个不幸事故，而是一个合乎逻辑的事件的话，那么你就会发现自己的重要性，并有目的地接近生活。如果你只关注生活的一部分，你可能会找到理由来谴责自己，抱怨他人；但如果你的视野更广泛，在你对整体的理解中就不会有抱怨或谴责。克里希那说，个人的视野不应该只是更广泛的，而应该是宇宙的。“把‘我’考虑进去，了悟你被包括在‘我的’宇宙形式中。就像在你的身体结构中，每个细胞各司其职；所以在宇宙模式中，每个人亦有自己的贡献。如果你了悟这点，并采取行动，那么始终将‘我’放在视野内，你就会成为一个只为‘我’而行动的人（matkarmakṛt）。”

对于不能为了主而放弃欲望和采取行动者，克里希那则另辟蹊径，他说：“继续做你想做的事情，当结果出现的时候，请记住是‘我’赋予行动结果。培养这种态度的人是‘我的’奉献者，他的心智就会驻留在‘我’之内，‘我的’教导将会对他变得清晰。”

接受行动结果来自主之恩赐（prasāda）者，是对人没有敌意者（nirvaira）。在这里所展开的视野中，众生是整体的一部分，你不是一个孤立的个体。接受这点的人不会憎恨他人，因为人不可能对包括自己在内的整体的任何部分产生敌意。如果你的牙齿咬你的舌头，你不会愤怒地敲掉你的牙齿。有着这样的了悟，烦躁和悲伤的感觉就会平息下来，愉悦的心智将看到教导所揭示的真相。因此，主说："他将与'我'合一。"（Māmeti）正如波浪发现"我是水"，与海洋合一，没有经历任何改变。

什么是虔信？

听到了对行动瑜伽（对于行动的正确态度的瑜伽）的这种描述，阿周那问了一个相关的问题，这开启了第十二章：

एवं सततयुक्ता ये भक्तास्त्वां पर्युपासते ।

ये चाप्यक्षरमव्यक्तं तेषां के योगवित्तमाः ।। 12-1 ।।

Evaṁ satatayuktā ye bhaktāstvāṁ paryupāsate

Ye cāpyakṣaramavyaktaṁ teṣāṁ ke yogavittamāḥ (XII：1)

那些奉献者（为你而行动）冥想你为主，还有那些奉献者冥想不朽、未显现"自我"，在瑜伽中谁更胜一筹呢？

阿周那提出问题的意图："是我仰慕'你'为主，

崇拜‘你’，为‘你’行动更好呢，还是我退隐尘世，冥想‘自我’（即存在-意识-喜乐）更好？那些追寻‘自我’真相者，比那些向你臣服并继续在世间行动者更好吗？他们谁会到达‘你’？”

克里希那感到好笑，因为从第三章以来，阿周那并没有放弃这个行动瑜伽与弃绝的问题。克里希那在下一句中回答道：“继续做自己的事，不忘记‘我’者更好。我为何如此说？如果你已做好了弃绝的准备，你就不会问这个问题。既然你有必要问，我不得不说，对于你来说，付诸行动比弃绝更好。”

问题真的不应该是哪个更好，而应该是你需要什么。一个摆脱了好恶的心智，自然会被吸引到冥想，而不会有这个问题。一个非冥想的心智没有选择，因为它不能冥想。个人可能坐在一个孤洞里待上几个小时，但是心智不会变得冥想。冥想，像爱，不能在你身上被诱发，它是自然发生的事情，只有特定性格的心智才能冥想。所以克里希那说：

मय्यावेश्य मनो ये मां नित्ययुक्ता उपासते ।
श्रद्या परयोपेतास्ते मे युक्ततमा मताः ।। 12-2 ।।
Mayyāveśya mano ye māṁ nityayuktā upāsate
Śraddhayā parayopetāste me yuktatamā matāḥ (XII：2)

那些冥想“我”，坚定不移（总是为“我”行动）者，将其心智驻留于“我”，被赋予伟大的信念，我认为他们是最崇高的。

克里希那赞美那些为祂行动者说：“那些被赋予了伟大信念，思维敏锐的人将被赐予自由。让你的心智驻留于‘我’，付诸行动，但永远不要忽视‘我’。即使你努力工作取得成果，记住‘我’。总是思念‘我’的人不会被私我所左右。”

每个人都认为他是造物主眼中的苹果，是造物的杰作，我很得意“没有人和我等同！”这样想注定要吃苦头，因为另外一个我也是这样想的，当两个私我冲突的时候，就会有纷争、遗憾、失败，于是和平和喜悦也丧失。

认识到你要求得到社会的赞美是因为你无知，接纳一切都是赐予你的，你不拥有任何物体的所有权。所有权本身并没有错，但是认为“我拥有东西”显示缺乏对主——万物的造物主的接纳。私我使个人变得渺小，带着这种渺小感，个人试图变得无限。为了摆脱局限，通过接纳你与整体的关系，即一切众生共同的基本关系，放弃对个人的认同。

相对的和根本的

每个人从此刻到下一刻，都是相对的人。父亲、丈夫、儿子、叔叔、主人、仆人—— 每个都是我，但我只是一个人，担当不同的角色，每个角色只存在于特定关系中，当客体或个体改变时，角色亦随之改变。但是在这些关系中，有一个角色并没有改变，我相对于整体而言是个体，相对于造物主而言是造物。世上每个人之间都存在这种基本关系，无论你喜欢与否，无论你接受与否，世上每个生物以及你都与主有关。

当你和你父亲在一起时，你是儿子；但是当你和你的儿子在一起时，你变成了父亲，而那个作为儿子的你不在了。与个体的关系因此是独特的，但是，个体与整体，与主的关系也是独特而不同的吗？你是造物，你的父亲是造物，你的祖父是造物，你的叔叔、孙子、朋友、敌人、山、河，全都是造物，祂是造物主；祂是维持者，我们是被维持者；祂是毁灭者，我们是被毁灭者；祂赋予行动的结果，我们付诸行动；祂是主，我们是奉献者。父亲、儿子、叔叔、朋友、敌人都是奉献者，任何人所扮演的角色都是奉献者。在你所有变化的角色中，相对于主，你是个体，你自始至终是奉献者，一个完全的奉献者。有此了悟，你怎么会错过主呢？

但是，如果无此了悟，你只有在祭坛边上时才是奉献者；在外面，你是一个商人，你只是间歇性的奉献者，无论你在寺庙还是在教堂，充当几回奉献者。如果你从根本上是奉献者的话，那么奉献就不会间断。

有音乐灵感的厨师只是唱歌的厨师，如果他音乐学得很好，最终成为专业音乐家，其爱好是烹调，那么他变成喜欢烹调的伟大音乐家。看此转型，当音乐成为他的生命时，他不再偶尔是音乐家，他会在沸腾的水中或列车奔驰的轰隆声中发现音乐。

同样，一个偶尔的奉献者，通过持续思念主而成为永久的奉献者。这就是为何寺塔或教堂的尖顶如此高耸——持续在我们视线内——的原因，它提醒我们：主存在于我们的一切思想和行为中，以便我们可以总是优雅地接受祂的祝福。通过培养这种态度，人们就可以令心智接受摧毁孤立自我概念（ahaṅkāra）的知识。

一个人必须通过参与各种形式的崇拜，比如祈祷、唱歌、诵经、仪式等，真正成为奉献者，直到个人在世间一切现象和规律中总能看见主。要成为一名音乐家，练习唱歌，直到其变得自然，这种练习是有意义的，因为歌唱是手段，歌手借此可以达到他或她成为有成就的音乐家的目标。同样，所有形式的崇拜都是相应的，如果个人了悟崇拜是成为永久奉献者的手段，那么，永久奉献者能够发现他或她与主的同一性。

祈祷和崇拜

一切崇拜都是为了培养这种态度，以助培养个人成为内在的奉献者。向主供奉椰子或者进行仪式崇拜的目的是通过这些行为，幻想的心智学会接纳祂。这并非偶像崇拜，当你用十字架、新月或姜黄粉末块的形式召唤主时，你并非崇拜那个形式，而是崇拜那个形式所代表的主。你供奉的任何东西，并非奉献给黏土或石头偶像，而是奉献给你所召唤的主。

日复一日，印度人去到寺庙，宣称："主啊！我所有的财富都是你的，我的身心属于你，你是万物的造物主和拥有者。"如果这番话意味着你真的将一切奉献给主的话，为什么需要每天重复这些话？是否意味着即使在祷告中你也在虚张声势？当然不是。每天重复此念诵，以便个人可以渐渐把自己转变为真正的奉献者，自始至终的奉献者，祈祷的商人可以转变为从事生意的奉献者。当个人与主的关系变成首要的，所有其他关系就成为次要的，他们所遇到的问题就化解了，作为奉献者，你没有问题，主不需要你的任何东西。

奉献是一种态度

你可以用任何语言唱出祂的荣耀，因为语言并不重要，你的理解和态度是重要的。克里希那说：

पत्रं पुष्पं फलं तोयं यो मे भक्त्या प्रयच्छति ।
तदहं भक्त्युपहृतमश्नामि प्रयतात्मनः ।। 9-26 ।।

Patraṁ puspaṁ phalaṁ toyaṁ yo me bhaktyā prayacchati

Tadahaṁ bhaktyupahṛtamaśnami prayatātmanaḥ (IX：26)

不论供奉给“我”什么——叶子、鲜花、水果或水，由心智纯粹者供奉的，我都接受。

克里希那告诉阿周那，供奉什么并不重要：“你甚至可以在精神上供奉，这对‘我’来说就足够了，重要的是你的态度。”

许多人认为虔信是容易的，但事实并非如此，由于私我（ahaṅkāra），人们往往没有表现出对他人的尊重，传统上需对长者付出的敬意并没有付出。私我常常阻止个人对主表示虔信，私我很强的人，除非他能从主那里得到一些赏赐，否则他甚至不会在神像的神龛前供奉一朵鲜花。臣服并不容易，爱并不容易，为了发现虔信，个人必须创造利于对主爱的表达的精神状态——至少必须避免创造条件来扼杀爱的表达。

你作为私我的冰山孤立于主之外，虽然它被其源头——水包围着，仍然是结晶的和分离的，崇拜主是为了融化此结晶的私我。即使你为了有所得而行动，当你收到行动结果时，要记住主。借此，你会放弃你的好恶，你的私我将被化解，只有这样你才能发现祂和你是一样的。这种关于主和奉献者同一性的知识，使虔信生活得以完善，因为崇拜帮助奉献者培养无欲的宁静心智，能够了悟由教师及其教导所显现真理的心智。

虔信（Bhakti），如果对其定义的话，是：

सा त्वस्मिन् परमप्रेमरूपा ।

-नारदभक्तिसूत्र -2

Sā tvasmin paramapremarūpā (Nārada-bhakti-Sūtra：2)

那（虔信）确实是对这（主）至高无上的爱的形式。

绝对的爱化解二元性，即使在二人之爱中，分离终结，二人融为情感同一体。如果对主的爱是完全的，它就会净化个人。在完美的爱或臣服中，个体融于主，不像盐晶融于水，而像水融于水。在你之内外表达的唯有主，个体是一个概念，一切皆是主。你消融，就像波浪融于海洋，消失的只是你的概念——你是不同的，它融于知识的海洋。

瑜伽是知识的手段

认为虔信（bhakti）之道比知识（jñāna）更胜一筹是幼稚的，完全臣服和获得完整知识是相同的。在《薄伽梵歌》中，克里希那并没有区分虔信和知识，他一直在回避阿周那关于行动瑜伽或弃绝行动孰更优越的问题。由于存在好恶，行动瑜伽士不能放弃行动，但他可以放弃对行动结果（karmaphala）的关心，培养欣然接受一切结果皆来自主的态度（prasāda buddhi）。以此态度行动就会得到净化，也就是说，从好恶的控制中解脱出来。主是一切行为结果赐予者的认知就是虔信，因此，行动瑜伽是虔信，是获得心智和平（śānti）的手段，一个和平的心智将发现和平是人之本性。

弃绝者（sannyāsī）放弃了活动，献身于了悟主和他并非不同，该知识是绝对的虔信，因此，行动瑜伽士和弃绝者两者目标皆关于主和个体相同性的知识，该知识是绝对的虔信。

采用哪种生活方式并非选择的问题。弃绝者没有好恶，没有俗世的恐惧，所以对他来说，弃绝是自然的。

如果你害怕俗世，你就必须生活在俗世中，成为它的主人，然后你可以选择离开或是驻留。但是如果你想离开是因为你不能驻留，那么留下来好一点。这是《薄伽梵歌》教义的一个重要方面，从第二章开始，克里希那在这个主题上反复教导。尽管重复被视作吠檀多经典（vedāhta śastra）的缺陷，但它在《薄伽梵歌》中是被接受的，因为它是教师对学生以对话形式的教学，而克里希那关心阿周那是否理解他。即使在听完了第二章和第三章的教导之后，阿周那似乎也不明白，继续付诸行动他不会失去任何东西。所以，克里希那从第九章到第十二章继续谈论行动瑜伽，他的开示是："如果你不能接受'我'是绝对的，那么在你所付诸的一切行动中思念'我'，把它当作'我的'行为，并接受'我'为一切行动结果的赐予者，借此行为，你的心智将变得和平。"

如果了悟到这点，就没有必要去问虔信生活或行动哪个更好，事实上，虔信瑜伽和行动瑜伽是一样的，因为虔信正是使你成为行动瑜伽士的态度，为了主的缘故而行动，欣然接受一切结果，把这个结果作为主的恩赐。行动瑜伽确实是虔信瑜伽，这是克里希那对阿周那的回答。

第十六章

领域和领域知者

《薄伽梵歌》第十三章从阿周那的问题开始：

प्रकृतिं पुरूषं चैव क्षेत्रं क्षेत्रज्ञमेव च ।

एतद्वेदितुमिच्छामि ज्ञानं ज्ञेयं च केशव ।। 13-1 ।।

Prakṛtiṁ puruṣaṁ caiva kṣetraṁ kṣetrajñameva ca

Etadveditumicchāmi jñānaṁ jñeyaṁ ca keśava (XIII：1)

哦，主啊，我想知道这些词语的意思：prakṛti、puruṣa，kṣetra、kṣetrajña，jñānaṁ、jñeyaṁ。

克里希那开始回答：

इदं शरीरं कौन्तेय क्षेत्रमित्यभिधीयते ।। 13-2 ।।

Idaṁ śarīraṁ kaunteya kṣetramītyabhīdhīyate (XIII：2)

阿周那，此身体被称为领域（kṣetra）。

领　域（kṣetra）

凡属自己经验领域的事物被称为领域（kṣetra），但是在克里希那最初的陈述中，他只指出了身体。克里希那的意图是向阿周那指出领域（kṣetra）和领域知者（kṣetrajña）之间的不同。没有人将自己感知的对象当作自己，但是，人们却把身体当作自己，尽管身体和陶罐一样都是认知的对象。因此，克里希那省略了明显的事物，并告诉阿周那："因为你的身体是你认知的对象，它是领域。"接着，克里希那指出领域也包括了整个现象世界：

महाभूतान्यहङ्कारो बुद्धिरव्यक्तमेव च ।
इन्द्रियाणि दशैकं च पञ्च चेन्द्रियगोचराः ।। 13-5 ।।

Mahābhūtānyahaṅkāro buddhiravyaktameva ca
Indriyāṇi daśāikaṁ ca pañca cendriyagocarāḥ (XIII：5)

五元素（空、风、火、水、地），私我、智力、无知、十个器官（五个感觉器官和五个动作器官），一个（心智）和五个感觉对象（声音、形式、颜色、触觉、气味、味道）——所有这些都是领域，客体。

克里希那的意思是："所有你认知的——所有的对象，你的好恶、快乐、苦难、毅力、你的知识、无知，等等，这一切都是领域。"

领域知者（kṣetrajña）

意识到领域（包括此身体和此现象世界）的人，是领域知者（kṣetrajña）。意识到此身体及其所包含一切的人，意识到饥渴的经历、心智的各种状况、特定事物的知识、快乐或不快乐的感觉、行动者和享受者的概念的人，是领域知者。借此，我成为先知、听者、闻者、品尝者、思想者、怀疑者、认知者。在所有这些角色中，"我"是共同的，那个"我"是领域知者，无限的意识。商羯罗（Śaṅkārācārya）在《达克希那穆提祷告词》（Dakṣiṇāmūrti Stotra）中写道：

नानाच्छिद्रघटोदरस्थितमहादीपप्रभाभास्वरं…

- दक्षिणामूर्तिस्तोत्र - 4

Nānācchidra-ghaṭodara-sthita-mahādīpaprābhā-bhāsvaraṁ (Dakṣiṇāmūrti Stotra 4)

就像放置在多孔陶罐里的一盏明亮发光的灯之光芒。

想象一个五孔陶罐放置在黑暗的房间里，一个人在陶罐里放置一盏灯，这样就出现了五束光线，每一束光线照亮其前面的东西，而光束之间的东西不会被照亮，只有光束照到的地方东西才被看到。现在想象你的身体为一个脆弱的五孔陶罐，即五个感官：眼睛、耳朵、鼻子、舌头和皮肤。光线由此射出，照亮了世界，这就是意识，你体内意识存在于你的五个感觉器官中。因此，光的一个来源——意识，显现为五束光通过五个感觉器官，发光形式和颜色透过眼睛，声音透过耳朵，气味透过鼻子，味道透过舌头，触摸透过皮肤。五束光都来自一盏灯，在你、我、每个人身上的光，确实是意识，即主。克里希那说：

क्षेत्रज्ञं चापि मां विद्धि सर्वक्षेत्रेषु भारत ।। 13-3 ।।

Kṣetrajñaṁ cāpi māṁ viddhi sarvakṣetreṣu bhārata (XIII：3)

阿周那，认知“我”即众生领域的知者。

你认为你与别人不同，因为你把自己的身体、智力、心智等视为“我”。但是当你了悟“我”的本质后，你会发现所有的差异都属于领域，那个现象世界，而非你。领域的知者——意识，确实是一切形式的基础。

领域知者是自我（jñeyaṁ）和原人（puruṣa）

领域知者（kṣetrajña）是自我（jñeyaṁ），被认知、被发现为“自我”，领域知者确实是原人（puruṣa），意味着领域知者是圆满俱足（pūrṇa），存在于一切众生中。克里希那说：“认知‘我’是每个人之内蛰伏者。”

把这个身体想象为一座感官之城，它借由情报人员而运作。在这个城市里住着一位领主（svāmī），与世界进行交易，这位领主即原人，也被称为至上梵（paraṁ brahman），无限。

अनादिमत्परं ब्रह्म न सत्तन्नासदुच्यते ।। 13-12 ।।

Ānādimat paraṁ brahman na sattannāsaducyate (XIII：12)

梵（Brahman）是无限的，无起始，据说既不存在亦非不存在。

从它自己的角度来看，梵，意识，不受空间限制，因为它没有形式。万物皆在意识之内，它不受时间和空间的束缚；归因于意识，你才意识到时间和空间。领域知者是意识，在其中存在客观和主观的时空概念。所以，意识无起始（anādi），它超越存在和不存在。一个人存在是事实，他没有角也是事实，认知这两个事实者是领域的知者，意识，借由它，你意识到什么是（sat），什么不是（asat）。

所有你感知的是领域，造物。主相对于该造物是物质根源，被称为原质（prakṛti），幻力（māyā），或者女神；同一个主作为该造物的智力根源，被称为原人（puruṣa）。主，原质和原人的本质实相是“我”，意识、梵，没有性别、形式或性质。

关于造物，克里希那之前说过："众生皆存在于'我'之内，'我'遍及万物，因为'我'是整个造物的物质根源（mātshāni sarvabhūtāni; mayā tatamidaṁ sarvam）。"现在，他继续说："我是至上梵（paraṁ brahma），是整个造物的智力根源。"梵，那个无起始、无限的是造物主、领域知者、原人。因此神（īṣvara）是领域知者和领域、原人和原质。原人是意识（caitanya），原质是惰性（jaḍa），两者结合是神，是整个造物。所以，关于造物：

सर्वतः पाणिपादं तत्सर्वतोऽक्षिशिरोमुखम् ।
सर्वतः श्रुतिमल्लोके सर्वमावृत्य तिष्ठति ।। 13-14 ।।

Sarvatah pāṇipadaṁ tat sarvato kṣiśiromukhaṁ
Sarvatah śrutimalloke sarvamāvṛtya tiṣṭhati (XIII：14)

（众所周知）祂手脚遍及各处，眼睛、头和嘴遍及各处，耳朵遍及各处。祂遍及包容万物。

波浪了悟到它是水，可以说"我是大西洋和太平洋"；同样，你了悟到你是无限的，你可以说"我手足遍及各处（Sarvataḥ pāṇipādo' ham）"。你可以对主说："我即'汝'，'汝'即万物，因此，我确实是万物。"下面一段经文描述了这种觉悟的美妙：

सर्वेन्द्रियगुणाभासं सर्वेन्द्रियविवर्जितम् ।
असक्तं सर्वभृच्चैव निर्गुणं गुणभोक्तृ च ।। 13-15 ।।

Sarvendriyaguṇābhāsaṁ sarvendriyavivarjitaṁ

Asaktaṁ sarvabhṛccaiva nirguṇaṁ gunabhoktṛ ca (XIII：15)

（众所周知）祂通过所有感觉器官的功能来显现自己，而祂超然于它们一切，不卷入，祂维持一切造物，超然于一切经验之上，祂享有一切。

“我”，意识——感觉器官借由它感觉到所有对象，但同时，它超然于所有感觉器官。电可以说：“我是所有风扇，我是所有灯泡，我是所有冰箱，而我也超然于所有它们。”空间可以说：“我是万物，因为我遍及万物，而我也超然于万物。”只有超然于万物者方是万物，因为“我”无所不在，“我”不依附于任何特定的东西，万物由“我”诞生，由“我”维持，由“我”消融。因此，

उपद्रष्टानुमन्ता च भर्ता भोक्ता महेश्वरः ।। 13-22 ।।

Upadraṣṭānumantā ca bhartā bhoktā maheśvaraḥ (XIII：22)

“我”是一切的目击者，一切的许可者、维持者、享受者、至尊主。

路灯闪耀，照亮你在灯下所做的一切，对于灯下所发生的好事或坏事，路灯不喜亦不悲。我，意识亦如此，目击一切，容许一切，意识不干涉你的事务，它容许你的心智做任何它喜欢之事。这就是为何有人明智，而有人则不然。

意识超然于所有性质，又维持着所有性质，它是分裂事物中的不分裂者（vibhakteṣu avibhaktam），就像空间是不分裂的，但由于墙壁阻隔而貌似分裂。看其神奇之处是：你是不分裂的，但貌似分裂的；你是如如不动的，但貌似活动的；当思想活动时，貌似你在活动；当思想活动时，貌似意识在活动，但意识是如如不动的，因为它无所不在，它并不局限于一个特定地方。该意识正是你的本来面目，这正是需要了悟的。克里希那说："你要了悟阿特曼（ātmā，自我，亦即jñeyam），对于找寻者而言，它遥不可及，因为找寻者正是其所寻之物；但是，对于得到老师真传者，却是触手可及的。"

知识：生活的价值观

要了悟该原人（puruṣa），你之实相的那个无限意识，你必须有一个安静的心智。学习只能在安静、警觉的心智中进行，而非在被搅动的心智中。克里希那列举了发展心智所必需的特定价值观或态度，借此能够看到"自我"的真相，因为这些价值观是获得知识（jñānam）的手段，它们在这里被称为jñānam（知识），jñānam这个词是这样派生的：借此方法而认知事物称为知识（jñāyate anena iti jñānam）。

克里希那列举了二十种价值观作为知识的手段，对每种价值观的分析都表明，每种价值观都导向一种价值观：要获得一个安静、恒定的心智，要安守你自己。

अमानित्वमदम्भित्वमहिंसा क्षान्तिरार्जवम् ।
आचार्योपासनं शौ चं स्थैर्यमात्मविनिग्रहः ।। 13-7 ।।
Amānitvamadambhitvamahiṁsā kṣāntirārjavaṁ
Ācāryopāsanaṁ śaucaṁ sthairyamātmavinigrahaḥ(XIII：7)

इन्द्रियार्थेषु वैराग्यमनहंकार एव च ।
जन्ममृत्युजराव्याधिदुःखदोषानुदर्शनम् ।। 13-8 1।.
Indriyārtheṣu vairāgyamanahaṅkāra eva ca
Janma-mṛtyu-jarā-vyādhi-duḥkha-doṣānudarśana(XIII：8)

असक्तिरनभिष्वङ्गः पुत्रदारगृहादिषु ।
नित्यं च समचितत्वमिष्टानिष्टोपपनिषु ।। 13-9 ।।
Asaktiranabhiṣvangaḥ putradāragṛhādiṣu
Nityaṁ ca samacittatvamiṣṭāniṣṭopapattiṣu(XIII：9)

मयि चानन्ययोगेन भक्तिरव्यभिचारिणी ।
विविक्तदेशसेवित्वमरतिर्जनसंसदि ।। 13-10 ।।
Mayi cānanyayogena bhaktiravyabhicāriṇī
Viviktadeśasevitvamaratirjanasaṁsadi(XIII：10)

अध्यात्मज्ञाननित्यत्वं तत्वज्ञानार्थदर्शनम् ।
एतज्ज्ञानमिति प्रोक्तमज्ञानं यदतोऽन्यथा ।। 13-11 ।।
Adhyātmajñānanityatvaṁ tattvajñānārthadarśanaṁ
Etajjñānamiti proktamajñānaṁ yadato’nyathā (XIII：11)

不自傲，不装腔作势，不伤害，包容，直率，服务老师，纯粹，坚定不移，自我约束，对感知对象的冷静，不自负，觉知生老病死悲伤的问题，不占有，关爱妻儿家庭而不执着，对合意不合意泰然处之，奉献于主，在安静的地方修养，不渴望陪伴，不断学习赋予“自我”知识的经典，看到“自我”的真相——这些确实是知识（的手段），与此相反则是无知。

Amānitvam是不自傲。一个夸大自己者（mānī），他的态度是自傲（mānītvam），不自傲是amānītvam。自傲者要求得到尊重，他可能具有某些好的素质，但是他希望别人认可他，尽管他具有素质，但是他的内心还是匮乏的。一个人无法对向别人索取而来的尊重感到开心，如果一个人因为权力而受到尊重，那么当权力消失时，这种尊重就会消失。尊重应该由衷而发，而非索取而来。如果你对自己满意，你的快乐并不取决于别人是否尊重你，谦卑的态度有助于摆脱自傲，保持和平的心智。

Ahimsā是不伤害。在自然的造物中，人们的生命彼此依赖，但超越自己基本所需的故意伤害是伤害（hiṁsā）。一个人接受生命的神圣，就不会为了自己的利益，通过行为（kāyena）、言语（vācā）、思想（manasā）而有意识地伤害任何人。这个人接纳他人（包括植物和动物王国）的权利及观点，被视作不伤害，个人必须有尊重他人权利和需求的态度。

Kṣānti是包容他人。你不开心，因为你不能包容他人，你希望他人改变而非自己改变。你不要指望火是冷的，也不要指望蝎子没有刺，你仅仅接纳它们的本性，妥善处理或远离它们，不要试图改变它们，然后后悔，因为你做不到。同样，人们有诸多不同性格，如果你能如其所是对待他们，你就能享有和平（śānti）。如果你期望他们变成你所希望的样子，你将会感到失望。每个人都有各自的能力和问题，你期望的改变对他们来说也许是不可能的，如果你明白这点的话，你与人有关的问题的百分之九十就会解决。你的心量必须宽阔，接纳这个人，如果你能帮助某人改变，那就这样做；如果你不能，为他或她的改善而祈祷。世界足以包容他人，但为什么你的心量那么小？

Ārjavam是直率。当思想、言语和行为一致时，它们的和谐使你直率。

Ācārya-upāsanam是服务老师。你完全臣服于老师，如此方能获得知识，这并不意味着你放弃自己的智力，盲目地接受你被告知的，那么，你将使自己被任何人利用，准备着为老师服务就是正确的态度。

Śaucam是纯粹。你保持内外洁清，你的身体、衣服、房子都保持洁清，并且对自己保持警醒，也保持头脑清醒。你不怀抱任何恶意，如果产生嫉妒，你就把它扼杀于萌芽状态。

Sthairyam是坚定不移。无论家人或社会、国家或人类要求你做什么，你都应该像值岗的哨兵一样保持沉稳。

Ātmavinigraha是自我克制，掌控心智。当你刻意思考时，你不会被自己的想法所迷惑，你是你心智的主人。

Indriyārtheṣu vairāgyam是对感知对象冷静，而不是感觉器官的奴隶。我们都被广告诱导，我们的好恶貌似由媒体设定，所以我们对于我们所追求的东西没有任何发言权。不受心智幻想导向的人是冷静的。

Anakaṅkāra是不自负。任何成就皆由许多因素造就，永远不要以为你所取得的任何成就全凭你一己之力。认识到这个事实带来不自负的态度。

Janma-mṛtyu-jarā-vyādhi-duḥkha-doṣānudārśanam是对人类存在本质的理解。有生必有死，死亡什么时候到来是未知的，但如果等待时间够长的话，衰老及疾病就会率先造访。接受这些现实，接纳生命的奇迹。尽管胃里有很多细菌，街上跑着很多卡车，个人仍然活着。要活在当下，善用生命，不让它虚度，要变得明智，采取一定的态度，通过探寻人类存在的事实来发现这种态度。

Asakti是不占有。你不拥有任何东西，因为你不是这里任何东西的创作者，培养一种你不拥有任何东西的态度，你只拥有少许东西。

Anabhiṣvaṅga是一种关心孩子、妻子、房子等，而不执着于他们的态度。所有这些都需要一定的关心，但谨记你不拥有他们，如果你接受你只暂时拥有他们的事实，那么你会照顾好他们。如果一个朋友把她的车托付给你，你会倍加呵护她的车。不要把你自己当成拥有者，你具有的是家庭或房屋的管理受托人的身份，即使对于你的身体亦如此。不执着于所有权是不占有（asakti），关心而不依附的最终态度是Anabhiṣvaṅga。

Samacittatvam是心智的沉着。无论你所面对的是好还是坏，成功还是失败，均保持沉着。简而言之，就是行动瑜伽士的态度，沉着被称为瑜伽。

Avyabhicāriṇī bhakti是坚定不移地奉献于主。不要将任何东西，甚至元素，都视作理所当然。在这一切中，总能看到主；如果你看不到，你会发现你的私我将每天膨胀。

Vivikta-deśa-sevitvam是去安静的地方修养。去安静的地方修养，把自己拉回来，暂停一下，使自己沉淀，这就是冥想的目的。

Janasaṁsadi arati是不渴望陪伴。不要害怕和别人在一起，但不要追在他们后面跑。在别人的陪伴下消磨时间是一种逃避的方式，每一次逃避都是延迟正视你自己，发现你可以开心地独处。

Adhyātma-jñāna-nityatvam是经常不断地学习吠檀多经典。愿你每天学习《薄伽梵歌》，不要放弃学习，因为它陪伴你越多，你就越会触及你的美好和无限。

Tattva- jñānārtha-darśanam是发现你自己的真相。真相、美好、深刻、无限——这就是你。保持这个视野，在冥想中接纳它。

这些是克里希那教导阿周那的价值观，是获得“自我”知识的手段。你会发现，如果你被赋予了这些，你就拥有了一切，你还会发现你自己是你正在寻找的，你将会了悟你是什么。

第十七章
三　德

《薄伽梵歌》展开了梵的知识——个人、主以及造物的本质。在展开这些知识的过程中，前六章主要谈论个人；随后六章谈论主，结束于奉献于主的讨论；最后六章谈论个人与主的同一性。在第十三章，克里希那说："我即梵，那个众所周知者。我确实是一切众生中有意识的'自我'，领域知者（kṣetrajña），那个意识到身心复合体和外部世界者。"本章中的教导清楚地表明了领域知者和领域的同一性，个体和整体在此同一性中被化解。

有人可能会问：如果梵连同幻力（māyā）是万物的根源，为什么每个人却不相似呢？根源是同一个，为什么结果却各式各样？人的身心复合体不过是物质（prakṛti），被意识（caitanya）赋予生命。每个人中物质和意识都一样，为什么一个人是沉思的，另一个人是雄心勃勃的，第三个人是迟钝的？第十四章是关于三德及其差异（Guṇatraya-vibhāga-yoga）的教导。

通过观察造物的本质，我们可以接受其根源的本质，因为根源的本质必定在其结果之内，通过检查纺织品，你可以推断出制造它的棉花的质量。

造物的所有要素可以分为三类性质（guṇas）：萨埵（sattva，善性），与知识有关；罗阇（rajas，激性），与活动有关；答磨（tamas，惰性），与不活动有关。既然这些品质见于造物中，那么我们可以推断它存在于它的根源——物质（prakṛti）中，所以来自物质的一切——包括特定个体的心理倾向——都以这三德为特征。

克里希那说，每个人皆是这三种性质的混合体，但是根据对人群的观察发现，一般是一种性质为主导，另两种性质为辅。萨埵性质为主导者将会冥想，萨埵性质的特点是和平、知识、探究和思维清晰，这样的人是萨埵为主导性质者（sattva-guṇa-pradhāna），性质上被称为婆罗门（brāhmaṇa）。他或她因萨埵性质而冥想，但仍然充分活跃，因为他或她具有罗阇（rajas），当然，他或她也会在答磨（tamas）的影响下打呵欠睡觉。

罗阇（rajas）负责活动。一个多动、雄心勃勃，能够实现某些事情的人，轻易受到感染的人，主要受到罗阇的影响。如果萨埵仅次于罗阇占主导，那么这个人会活跃且思考，他的活动不会以自我为中心，他或她将会执着于理想。这样的人可能会为自己的事业赢得桂冠，但在这个过程中，社会也会受益，这类人性质上被称为刹帝利（kṣatriya）。

另一方面，如果答磨仅次于罗阇占主导，那么这个人将是活跃的，但通常是自私的或贪婪的，是即使给予顾客一个微笑也要收费的商人类型，这种性质称为吠舍（vaiśya），可能会从他或她的活动中收获痛苦。

第四类人通常是迟钝的，只是不时地变得活跃起来以满足他或她的渴望。这样的人的主导性质是答磨，罗阇次之，他或她性质上被称为首陀罗（śūdra）。

因此，有四种类型的人：婆罗门、刹帝利、吠舍、首陀罗。他们的萨埵、罗阇、答磨的构成比例不同。你应该注意到，虽然这些名称也是四个种姓的名称，但在这里指的是个人性格的性质，而不是出生时的种姓。这四种人不仅印度有，也遍布世界各地。每个人出生时都是答磨占主导，一个新生婴儿每天睡20个小时；随着他的成长，他睡眠减少，变得更加活跃，更受罗阇的影响；随着知识的积累，他变得越来越受萨埵的影响，当一个人能够看见眼睛看不到的东西，超越感官看到生命的深度时，这个人是萨埵主导者（sāttvika），受到萨埵影响，成为一个冥想者。

每个人都必须成长为萨埵主导者，要做到这一点，答磨主导者（tāmasa）——其主宰活动就是吃饭睡觉的人——必须首先成为活跃的罗阇主导者（rajasa），即使他的行为起初是自私的，他也必须开始做点什么。之后，他的活动可以逐渐转向致力于成就事业的工作，而不是满足自己的需要。在这个过程中，如果不滥用自己的智慧，他会变得越来越萨埵为主导。

这三德皆见于每一个心智（antaḥkaraṇa），每个人时而冥想、时而活跃、时而沉闷。三类中占主导者决定个人的独特性格。动物主要是答磨为主导，不思考，仅由本能导向；而人得益于理智的能力，借此具有发展萨埵为主导性格的潜力，具有这种性格的人能够探究和冥想，从而找到无知的根本人类问题的答案。

克里希那说：

नान्यं गुणेभ्यः कर्तारं यदा द्रष्टानुपश्यति ।
गुणेभ्यश्च परं वेत्ति मद्भावं सोऽधिगच्छति ।। 14-19 ।।
Nānyaṁ guṇebhyaḥ kartāraṁ yadā draṣṭānupaśyati

Guṇebhyaśca paraṁ vetti madhbāvaṁ so’dhigacchati (XIV：19)

当智者看到行动者不过是三德，并了悟他超越三德时，他就达到了“我的”本性。

那个人了悟到不过是心智付诸一切行动，那些行动是塑造心智的三德的杰作；也了悟到“自我”——使心智活跃，享有三德——他了悟到“我”。他不受悲伤或妄想的影响，因为他不受导致悲伤和妄想的三德的蛊惑。他了悟他是那超越三德，作为目击者照亮心智。如果心智不安或受到惊吓，他不认为自己不安或受惊。他不把自己当成行动的执行者，或结果的享有者，这些角色属于心智。他了悟“我就像一盏剧院灯，照亮生命舞台上所发生的一切。这里所看到的一切区别都是表面的，而‘我’本身就是实相”。他了悟自己确实是神（īśvara），是造物也超然于造物。主说：“那人与‘我’合一。”

第十八章

轮回树（Saṁsāra）

克里希那在前面章节仔细说明的造物所有表面差异，在第十五章得到了解析。这一章从对轮回（saṁsāra）树的描述开始。

ऊर्ध्वमूलमधःशाखमश्वत्थं प्राहुरव्ययम् ।
छन्दांसि यस्य पर्णानि यस्तं वेद स वेदवित् ।। 15-1 ।।

Ūrdhvamūlamadhaśśākhamaśvatthaṁ prāhuravyayaṁ

Chandāṁsi yasya parṇāni yastaṁ veda sa vedavit (XV：1)

他们谈到坚不可摧的菩提树（aśvattha），其根在上，枝条在下，其叶是《吠陀经》，了悟该树者即了悟《吠陀经》。

Aśvattha是梵文菩提树（pipal）的名称，一种榕树类的树（ficus religiosa）。梵文aśvattha的意思是“那个明天不再存在”。这种树比其他大多数树要活得长——

即使主树干被破坏，它也会继续生存下去，但它总有一天仍然会枯萎。在这里，轮回被比喻为这棵树，因为即使它是长寿的（avyayam），知识的黎明也会终结它。

这棵轮回树肯定像其他树一样有根，一般来说，我们看不到一棵树的根，但是我们能推断出根的存在，因为我们知道倘若树无根的话，就无法在地球上树立。轮回树的主根（mūlam）向上（ūrdhvam），这意味着它超出了我们直接感知的范围。它的根源是意识，不能客观化，它是主体，借此我们能意识到万物，这不是所知之物，而是知者的本质，它超越尚未懂得该教导的人们的认知。

这棵树的枝条是经验的领域（kṣetra），《吠陀经》中的业力知识形成其叶子，这是它生存所必需的。每个行动皆出于对某个结果的渴望，而一个特定行动由于促使该行动的微妙的、不可见的动机而变得好或坏。因此，作为微妙动机的物理表现，行动不仅产生明显的可见结果，而且产生微妙的、不可见的结果。粗糙的、可见的结果（dṛṣṭaphala），以及微妙的、看不见的结果（adṛṣṭaphala），自然会归结于那个怀有动机并采取行动者。

有两类微妙未显的结果（adṛṣṭaphala）：一个是好

的结果（puṇya），由此你获得安慰、财富、地位，等等；另一个是不好的结果（pāpa），能够带给你不适。好结果和坏结果累积，并且因为它们必须最终要产生结果，它们成为来生的原因。因果关系的知识——如果我这样做，我会得到这个——是活动的基础，该活动产生了看得见和看不见的结果，看不见的结果必须被经历，因此又会产生另一个来生；在这个来生，活动再次产生结果，所以生死循环重演——轮回树继续蓬勃生长。这种因果的知识、各种意思和结局见《吠陀经》的《业力章节》（Karmakāṇḍa），据说它可以与树木赖以生存的树叶相媲美。谁了悟这棵树连同其树根，谁就了悟造物及其根源意识，了悟《吠陀经》的意思。

克里希那继续说道：

अधश्चोर्ध्वं प्रसृतास्तस्य शाखा
गुणप्रवृद्धा विषयप्रवालाः ।
Adhaścordhvaṁ prasṛtāstasya sākhā
guṇapravṛddhā viṣayapravālāḥ

अधश्च मूलान्यनुसन्ततानि
कर्मानुबन्धीनि मनुष्यलोके ।। 15-2 ।।
Adhaśca mūlānyanusantatāni
Karmānubandhīni manuṣyaloke (XV：2)

那棵树的树枝蔓延在下面和上面，被三德滋养，感官对象是它的芽。

它的（第二）根由业力诞生，在人世间延伸传播。

轮回树的枝条有些上升，有些下降，因为一些行动正在实现，而有些却未实现。这些行动受到人所具有的性格的影响——如果个人是萨埵主导，其价值观和追求就会与罗阇主导的人不同，所以这些行动被说成是受三德的影响。这些追求是轮回树的枝条，世间客体都是潜在的枝条，结节打苞新芽长出来，就像休眠芽突然复活一样，你以前从来没有想过的东西可能突然出现，成为渴望的对象。个人付诸各种活动，得到好的和坏的结果，包括一个新的身体，它执行新的行动，获得新的结果，这些各种结果是将个人绑定到地球的第二个根源。

砍 树

即使这棵树被描述得如此精细，但克里希那警告阿周那不要以为它有任何固有真实性，如果你分析它，整棵树就会消失：

न रूपमस्येह तथोपलभ्यते
नान्तो न चादिर्न च सम्प्रतिष्ठा ।
अश्वत्थमेनं सुविरूढमूल-
मसङ्गशस्त्रेण दृढेन छित्वा ।। 15-3 ।।

Na rūpamasyeha tathopalabhyate
nānto na cādirna ca sampratīṣṭhā
Aśvatthamenaṁ suvirūḍhamūlaṁ
asaṅgaśastreṇa dṛḍhena chittvā (XV：3)

ततः पदं तत्परिमार्गितव्यं............... ।। 15-4 ।।
Tataḥ padaṁ tatparimārgitavẏaṁ (XV：4)

这里，那棵树的形状无人认识，它无始无终，也不存在。用无执着的利器砍断这坚固的菩提树，这是人们应该追求的目标。

你看到一棵树，在你的脑海中它是一棵树——念头，一种以树为对象的念头。那棵树里面有什么东西？——念头。如果波浪的名称和形式被删除，只剩下水。如果从念头中删除了树的形式和名称，那么剩下的是什么？意识将保留。任何念头皆如此。如果你从陶罐的念头里删除陶罐名称和陶罐形式，只有意识保留。如果你“分析”任何念头，你会发现只有意识。在探究时，所有的形式和名称都消失了，所有念头的基础都只是意识。

这是轮回树的本质和幻力（māyā）的特点。树似乎影响你——它使你感到有限和悲伤——但是即便如此，它只是一棵不真实的树。克里希那告诉阿周那，摆脱限制的唯一方法就是拒绝接受轮回树为真树。研究树，探究树的本质，你会发现因你发现本来无树而使树隐退，这被称为无执着之斧（asaṅgaśastra）。无执着所需并非物质的，因为树不是真实的；无执着是借由知识，了悟你自己。波浪了悟它是水，局限的问题不复存在，即使它看到周围都是大大小小的波浪。自我知识是真正根源，造物的真正根源，是要达到的目标。

永无止境的终点

主克里希那描述了求索者要培养的品质。第十五章在这里提到了类似的品质：

निर्मानमोहा जितसङ्गदोषा
अध्यात्मनित्या विनिवृत्तकामाः ।
द्वन्द्वैर्विमुक्ताः सुखदुःखसञ्ज्ञै –
र्गच्छन्त्यमूढाः पदमव्ययं तत् ।। 15-5 ।।

Nirmānamohā jitasaṅgadoṣā
adhyātmanityā vinivṛtta kāmāḥ
Dvandvairimuktāssukhaduḥkhaṣañjñair
gaccantyamūḍhāḥ padamavyayaṁ tat (XV：5)

那些没有自傲和妄想者，克服了执着的缺陷，安于自我，没有欲望，没有苦难和快乐的对立，那些不被迷惑者达到了那无限的终点。

不再被轮回树迷惑者，借由树的结构及其本质的知识，达到了永无止境的终点。终点到底是什么？

न तद्भासयते सूर्यो न शशांको न पावकः ।

यद्गत्वा न निवर्तन्ते तद्धाम परमं मम ।। 15-6 ।।

Na tadbhāsayate sūryo na’ saśāṅko na pāvakah

Yadgatvā na nivartante taddhāma paramaṁ mama (XV：6)

在那里，太阳不照耀，月亮、火也不照耀。抵达无人返回之境，那是我无限的居所。

不要认为主的居所太黑暗，以至于没人能找到出路。主表达的意思是无须光源的照耀，意识照亮一切。因为太阳照耀，所以物体被照亮；但在你之内，日月星辰和其他一切光源都照耀着。太阳照耀，皆因你的心智照耀，太阳被你的心智照亮。心智照耀，皆因“我”，意识照耀。“我”照耀，因为“我”不得不照耀，“自我”照耀，意识照耀，万物随之照亮，它是一切光之光（jyotiṣaṁ jyotiḥ），意识，借此万物被认知。所以，太阳无须在那里照耀，自我照耀的意识不能，也无须被任何其他光源照亮。一旦你了悟自己是那个意识，何以存在重返轮回的问题？当具备知识以后，人不能仍然无知，无知也不会卷土重来。

यदादित्यगतं तेजो जगद् भासयतेऽखिलम् ।
यच्चन्द्रमसि यच्चाग्नौ तत्तेजो विद्धि मामकम् ।। 15-12 ।।

Yadādityagataṁ tejo jagadbhāsayate’khilaṁ

yaccanḍramasi yaccāgnau tattejo viddhi māmakaṁ (XV：12)

गामाविश्य च भूतानि धारयाम्यहमोजसा ।
पुष्णामि चौषधीः सर्वाः सोमो भूत्वा रसात्मकः ।। 15-13 ।।

Gāmāviśya ca bhūtāni dhārayāmyahamojasā

Puṣṇāmi cauṣadhīssarvāssomo bhūtvā rasātmakaḥ (XV：13)

了悟“我”之光存在于太阳中，照亮整个世界，它存在于月亮里，也存在于火中。进入地球后，“我”以我之力量维系着众生；成为月亮后，“我”滋养一切植物。

克里希那说：“‘我’是太阳，‘我’是整个造物，万物皆存在于‘我’之内。‘我’进入地球并滋养它，带来植物和动物王国。‘我’是所有的食物。”

अहं वैश्वानरो भूत्वा प्राणिनां देहमाश्रितः ।
प्राणापानसमायुक्तः पचाम्यन्नं चतुर्विधम् ।। 15-14 ।।

Ahaṁ vaiśvānaro bhūtvā prāṇināṁ dehamāśritaḥ

Prāṇāpanasamāyuktaḥ pacāmyannaṁ caturvidhaṁ

(XV：14)

“我”变成消化之火，住在众生的身体里，赋有生理功能，“我”消化四重食物（咀嚼的bhakṣyam；吞咽的bhojyam；吮吸的coṣyam，比如杧果；舔舐的lehyam，比如蜂蜜）。

克里希那似乎在挑战阿周那，“‘我’是太阳、月亮、地球，‘我’是成为你食物的植物，消化食物产生的胃火，也是吃食物的人。你在哪里，所谓的个人（jīva）？”

无限不被限制

阿特曼的本质是意识、无限，没有任何匮乏或不完美。一切造物皆由此诞生，万物皆是意识。若如此，为什么你和你所坐的椅子之间似乎有区别？如果意识是无所不在的，每个客体都应该有意识，应该是有感觉的，但是你发现只有几种东西——植物、动物、人类等——是有感觉的。植物有一些基本意识，动物有更多的意识，人类似乎充分享受到意识。另一方面，物质是没有感觉的，一张桌子不抗拒负担过重，它似乎没有意识到堆积的负荷。为什么石头或桌子没有意识？这种无限的意识为何似乎只限于生物？

想象一个大陶罐，我们谈谈陶罐内空间，对于无所不在、无局限的空间而言，陶罐作为有限的载具（upādhi）。假定一个10升的陶罐，由于该有限载具，无局限的空间被局限为10升空间。这并非真正的局限，因为陶罐处于空间里，陶罐壁内外均有空间，而陶罐壁也处于空间里，空间不能被限制，但出于实用目的貌似受限，陶罐内空间不能容纳超过10升的水，对于该陶罐而言，其内在空间只限于10升；但事实上，空间本身并非有限。

像空间一样，阿特曼，无限的意识，由于有限的载具貌似有限。在此情况下，有限的载具包含粗糙或精微的物质。为了说明这些术语的含义，让我们来举一个白炽灯泡的例子。灯泡通过钨丝，电转化成光——一种能量形式，我们知道物质和能量是可以互换的，因此我们可以说钨丝也是能量。为了区分这两者，我们可以称光为精微能量，而钨丝是粗糙能量；或者我们可以称光为精微（sūkṣma）物质，电线为粗糙（sthūla）物质。

类比阿特曼——存在-意识-圆满俱足——其他一切，甚至能量，都是物质（prakṛti），是惰性的；但有些物质能够反射意识，因而貌似有感觉。能够反射意识的物质，我们称为“精微物质”；那些不能反射意识的物质，称为“粗糙物质”。精微物质貌似有意识的，粗糙物质貌似惰性的，而两者享有的存在是相同的意识。

水和铁两者均可承受火的热量，但是这两者中，只有铁才能承受火的光辉。同样，精微的和粗糙的物质两者皆反射存在（sat），那个存在即阿特曼；但是精微的物质还能反射意识（cit），那个意识即阿特曼。

这个身体活着的时候，具有经历的能力，它是有感觉的。同样的身体，当它死亡时，只适合秃鹫，它像其他任何东西一样没感觉。死亡到底发生了什么？你不能说阿特曼已经消失了，因为这就像说空间已经从孟买消失，去到了德里，无限的意识（Ananta caitanya）不会去任何地方。不管是什么东西让身体有感觉，那个让身体有感觉的东西肯定已经消失了，让我们把那个实体称为精微身（sūkṣma-śarīra），它是物质的，但是精微的，能够反射意识，就像铁能够承受火焰的热和光。

在一个炙热的铁球里，火和铁混合，一个不凌驾于另一个之上，火遍及铁球，铁球的每个原子都受赐于火——它随着热度和光辉（那也是火的本质）而发光。同样，你的心智受赐于意识，是有意识的。回过头来说，心智使感觉器官照亮其对应的对象——形式、味道、气味、声音和触觉。当你说“我是有感觉的”，那个“我”是精微身，由这个粗糙的、物质的身体来界定，就像火由铁球来界定一样。无感觉的物体与生命体的区别在于是否有精微身的存在，桌子没有精微身，如那么桌子就会有感觉，并且就会抗拒你放在上面的东西。阿特曼，无所不在的意识存在于桌子里，但它并不表现为意识，因为它里面没有精微身。在生物中，意识是明显的，因为精微身在那里，精微身离开，我们称之为死亡。

精微身和粗糙身结合起来就是生命。构成粗糙身的钙、碳、铁、磷等没有生命存在。意识，反射在精微身，使肉体生机勃勃。假设一个人上床睡觉，第二天早上没有醒过来，当你试图唤醒他时，他没有回应，没有脉搏，没有呼吸，医生说他已经死了。精微身已经离开了身体，租客已经离开了这间房屋。在死亡时，不是阿特曼离开了，而是被精微身局限的意识离开了粗糙身。这种被局限的意识被称为个体（jīva），根据他或她的业力采取不同的身体。

克里希那继续说道：

सर्वस्य चाहं हृदि सन्निविष्टो
मत्तः स्मृतिर्ज्ञानमपोहनं च ।
वेदेश्च सर्वैरहमेव वेद्यो
वेदान्तकृद्वेदविदेव चाहम् ।। 15-15 ।।
Sarvasya cāhaṁ hṛdi sanniviṣṭo
mattassmṛtirjñānamapohanaṁ ca

Vedaiśca sarvairahameva vedyo

vedāntakṛdvedavideva cāham (XV：15)

我存在于众生中，居于心中（在智力中，比如意识）。你的记忆、知识，甚至你的健忘皆由于我。我是所有经典公认者，我是教导吠檀多的老师，我是（学生将成为）晓谙经典者。

这里，克里希那对阿周那说："我是第一位古鲁，老师；既然老师初始是学生，我也是第一位学生。一切知识皆来自'我'，主。我是一切事物和一切知识。作为教导的结果，你了悟你即一切，你也即'我'。"

द्वाविमौ पुरूषौ लोके क्षरश्चाक्षर एव च ।

क्षरः सर्वाणि भूतानि कूटस्थोऽक्षर उच्यते ।। 15-16 ।।

Dvāvimau puruṣau loke kṣaraścākṣara eva ca

Kṣarassarvāṇi bhūtāni kūṭastho' kṣara ucyate (XV：16)

उत्तमः पुरूषस्त्वन्यः परमात्मेत्युदाहृतः ।

यो लोकत्रयमाविश्य बिभर्त्यव्यय ईश्वरः ।। 15-17 ।।

Uttamaḥ puruṣastvanyaḥ paramātmetyudahṛtaḥ

Yo lokatrayamāviśya bibhartyavyaya īśvaraḥ (XV：17)

在世间有两类原人（puruṣas），或"自我"：变化的（kṣara）和不变的（akṣara）。一切变化的存在被称为kṣara，不变的被称为akṣara。至上原人是另一个（除上述两者以外），他被称为“至上主”（paramātmā），进入三界后，这个不变的主维系一切。

克里希那解释说：“这整个造物，包括你的身体，都是变化的。变化的世界诞生的根源被称为不变的，相对于变化，‘我’被称为不变的存在。事实上，仅相对于‘我自己’，‘我’超越变化和不变两者，‘我’是至上（puruṣottama），‘我’是梵存在于一切中，遍及和维系着粗糙的、精微的和因果的所有三界。”

第十九章

神圣与恶魔的本性

编程、价值、美德

人类心智具有认识、分析和吸取经验的潜在能力，他或她被赋予独立思考和认知的能力，而不像动物，它们是完全被编程的，而且受制于进一步的编程。黑猩猩可以被训练来驾驶摩托车，但是它不会下车索要可乐，或者计算变化。思考、分析、总结的能力是人类特有的。一个人可能被业力编程而出生在一个特定的地方，具有某种类型的身体（upādhi），以适应特定情况；而他或她的思维绝对没有被编程，如果被编程的话，学习（正如我们见于人类）就是不可能的。

然而，个人可以使自己服从于编程，他可以局限自己，认为唯有他是对的；他可能会成为一个理想主义者，甚至为了理想而毁灭社会。狂热分子就是这样，他在某个根源的祭坛上牺牲了自己的理智。但是个人也可以掌控智力。克里希那说，如果个人的理智能力始终处于一种流畅状态，愿意放弃旧的并吸取新的思想，他就会变成神圣的。

作为一个孩子，个人服从于父母、老师或社会的编程，因为个人理智尚未发展。你学会应该尊重学者和长者，不应该偷盗或说谎。当你在童年被教化这些时，你并不完全接纳这些价值观，但是你遵守了规则，因为你被教化了。你对父母、宗教、国家示好，尊重讲真话的基本价值观，遵循正义道路，尊重父母和老师，不做坏事，不饮酒，不吃肉，不伤害任何人。

但是，一旦长大，你就可以独立思考，并吸取那些能指导你判断什么是对错的价值观。如果你没有适当吸取这些价值观，如果它们不能成为你的价值观的话，那么你总是要服从他人来遵循它们；没有人可以做到这一点，当不便遵循被教化的规则时，你就会放弃它们。每当你做任何不对他人负责的事情时，你没有坚持你行动背后的价值观，就会倾向妥协。如果价值观仍然是编程的结果，而非吸取美德的结果，那么当你将这些价值观弃置一旁时，将会出现某种祸患。

假设你已经饿了三天，你会从垃圾里捡吃食物吗？你不会，但这并非你采纳卫生原则来服从卫生部，而是因为你吸取了只吃干净、新鲜食物的价值观。同样，个人必须说出真相，不伤害他人，等等，不是任何限制的结果，而是因为这种行为是人的本性。

在第十六章中，我们找到求索者培育美德的清单。克里希那告诉阿周那，一个真正吸取了这些价值观的人具有神圣的本性（daivi sampat）。

अभयं सत्त्वसंशुद्धिर्ज्ञानयोगव्यवस्थितिः ।
दानं दमश्च यज्ञश्च स्वाध्यायस्तप आर्जवम् ।। 16-1 ।।
Abhayaṁ sattvasaṁśuddhirjñānayogavyavasthitiḥ
Dānaṁ ḍamaśca yajñāśca svādhyāystapa ārjavaṁ (XVI：1)

अहिंसा सत्यमक्रोधस्त्यागः शान्तिरपैशुनम् ।
दया भूतेष्वलोलुप्त्वं मार्दवं ह्रीरचापलम् ।। 16-2 ।।
Ahimsā satyamakrodhastyāgaśśāntirapaiśunaṁ
Dayā bhūteṣvaloluptvaṁ mārdavaṁ hrīracāpalaṁ (XVI：2)

तेजः क्षमा धृतिः शौचमद्रोहो नातिमानिता ।
भवन्ति सम्पदं दैवीमभिजातस्य भारत ।। 16-3 ।।
Tejaḥ Kṣamā dhṛtiśśaucamadroho nātimānitā
Bhavanti sampadaṁ daivīmabhijātasya bhārata (XVI：3)

无畏，心智纯粹，致力于（追求）知识和瑜伽，慈善，自我克制，献祭，学习经典，苦修，直率，践行不伤害，真实，控制愤怒，弃绝，宁静，不说他人坏话，对众生慈悲，没有物欲，温柔，谦逊，不说或不做无必要之事，心智澄明，对攻击或指责没有内在反应，刚毅，身心纯净，无意伤害任何人，无我傲——这些品质属于本性神圣之人。

吸取价值观

吸取价值观就是看到其内在本质——比如，说出真相，并非由于有人告诉你，而是由于你看到了这样做的价值。如果你说谎，你就在自己内在创造一个分裂。当你说话时，你是一个行动者；当你思考时，你是一个思想者。如果你所言非所想，那么你渐渐在思想者和行动者之间制造鸿沟，你想到做一些事情，但是过了一段时间却不去做。这就是为何你即使晚上决定第二天早起，你也无法做到这一点的原因，头脑记下你的愿望，你甚至在闹钟响起之前醒来，但是当闹钟响起时，你把它按下，然后继续睡觉，为什么？思想者有别于行动者，你成为杰基尔博士（Dr. Jekyll）和海德先生（Mr. Hyde）。你有良好的意图，但是如果思想者和行动者之间存在差距的话，只有良好意图是不够的。你会发现在这个世上你甚至不能完成简单的事情，那么你怎么能希望能够到达主呢？

让我们考虑另一种价值观，不伤害（ahiṁsā）。吸取这个价值观是什么意思？你想生活，快乐地生活，而你的邻居也想这样做；他不想让你伤害他，也不想让他伤害你。圣哲毗耶娑（Vyasā）在《摩诃婆罗多》里写道：己所不欲，勿施于人；你希望他人怎样对待你，你也应该怎样对待他人。这是一切正法的常识性基础，如果你完全吸取这个价值观，那么所有其他的价值观都会跟随，就像你拉一张床的一条腿，其他三条腿也会跟随。实践这个“金科玉律”，对别人的需求就会像对自己的需求一样敏感。

个人无须成为圣人方具备这些美德，任何人皆可培养这些美德。如果你遵循这些价值观，不是强迫别人，而是强迫你自己，你变得神圣，也就是说，你变成了一个完整的人；那些不吸取这些价值观的人会具有恶魔品质（āsura-bhāva）。克里希那告诉阿周那：

दम्भो दर्पोऽभिमानश्च क्रोधः पारुष्यमेव च ।
अज्ञानं चाभिजातस्य पार्थ सम्पदमासुरीम् ।। 16-4 ।।

Dambho darpo’ bhimānaśca krodhaḥ pāruṣyameva ca
Ajñānaṁ cābhijātasya pārtha sampadamāsurīṁ (XVI：4)

虚伪、虚荣、自负、愤怒、苛刻、对错的无知——这些品质属于具有恶魔本性的人。

克里希那继续描述恶魔的品质：

आढ्योऽभिजनवानस्मि कोऽन्योऽस्ति सदृशो मया ।
यक्ष्ये दास्यामि मोदिष्य इत्यज्ञानविमोहिताः ।। 16-15 ।।
Adhyo’bhijanavānasmi ko’nyo’sti sadṛśo mayā
Yakṣye dāsyāmi modiṣya ityajñānavimohitāḥ (XVI：15)

“我富裕，我出身名门，谁能比得上我？我将献上一切献祭，我乐于布施。”——如此说话是那些被无知蒙蔽者。

如此私我膨胀者（ahaṅkara）是恶魔（asura，阿修罗）。你越是吹嘘，你越是无知，因为在这个世上，你要依赖很多因素才能成为自己并获得成就。如果一个人不接纳这一点，那人就是阿修罗。

阿修罗不一定长着獠牙，在一个赏心悦目的形象背后，人们可能会被虚假的价值观所驱使。要成为一个真正的人，必须随着成熟而吸取道德和伦理价值观。这涉及质疑宗教、父母、老师所教化的价值观。经过审查价值观来确定其价值，个人可能会使用它或放弃它，但是你通常未理解这些价值观就丢掉它们，或者因为你没有吸取它们而失去它们——当你年幼时，它们只会浮现在你的脑海里，随着年龄的增长而被抛弃。审视每一个价值观并吸取它，借由遵循它，你不是服从于神或其他任何人，而是你自己，这将使你成为一个真正的人，一个易于相处的人。没有人会与像老虎、猫、驴、蝎子、眼镜蛇一样的人相处，因为，即便那人也不知道他或她在某个特定时间会是什么样子。凶猛，是猛虎的本性；但是如果一个人凶猛的话，这就是问题。如果他不审视他的动物本能，那是因为他没有吸取使他成为人类的伦理道德价值观。

解脱的价值观

只有吸取了这些价值观的人，才具有学习吠檀多所需的心理平衡和冷静。所以，克里希那说这些价值观会引导解脱。

दैवी सम्पद्विमोक्षाय निबन्धायासुरी मता ।
मा शुचः सम्पदं दैवीमभिजातोऽसि पाण्डव ।। 16-5 ।।

Daivī sampadvimokṣāya nibandhāyāsuri matā
Mā śucassampadaṁ daivīmabhijāto’si pāṇḍava (XVI：5)

神圣的品质被视作解脱的手段，而恶魔的品质是束缚。不要害怕，阿周那；你天生具有神圣的本性。

克里希那的意思是：“这些使你成为人类的神圣品质是发现自由的手段，如果一个人具有这些价值观，他或她自然会冷静，具有摆脱好恶的恒定心智，那个心智能够承认‘个人是圆满俱足的、自由的、快乐的’教导——个人从根本上感兴趣获得的一切。要明白，阿周那，你具备这些品质。”

第二十章

三重信仰（Śraddhā）

第十七章从阿周那的另一个问题开始，主克里希那已经解释了人的三种本性——萨埵（sāttvika）、罗阇（rājasa）和答磨（tāmasa），以及两种价值体系——神圣的和恶魔的。阿周那不知道如何对有信仰（śraddhā），却由于某种原因不按照经典的规定进行崇拜的人进行分类。他问克里希那："如何对那些未按照经典规定的方法进行崇拜的人进行分类呢？"

主回答说，信仰有三种类型，从人们供奉的祈祷类型，或人们选择崇拜的祭坛类型，你可以判定个人的信仰是萨埵（sāttvikī）、罗阇（rājasī）或答磨（tāmasī）。崇拜鬼魂，去火葬场苦修以便摧毁他人者属于答磨信仰（tāmasī-śraddhā）。想要变得强大，崇拜比他人更强大者属于罗阇信仰（rājasī-śraddhā）。为了获得生活中蝇头小利而进行严苛的苦修，没有人比拉瓦纳（Rāvaṇa）苦修更有决心，但他仍旧是恶魔——苦修没有改变他。最后一类信仰，为了净化他或她的心智而进行崇拜，属于萨埵信仰（sāttvikī-śraddhā），这类信仰符合经典的推崇。任何印度教的仪式或崇拜开始于目的声明（saṅkalpa）。人们说："我有意无意地犯下了罪孽，为了消除它们，为了净化我的心智，为了获得主的恩典，我正在举行这个仪式。主虽驻留在我心里，我却见不到祂，通过这个行动，愿我可以见到祂。"这些话所代表的态度是萨埵信仰。

克里希那继续解释说，进行苦修的宗教行为也可以分为三类：

यज्ञस्तपस्तथा दानं तेषां भेदमिमं श्रृणु ।। 17-7 ।।

Yajñastapastathā dānaṁ teṣāṁ bhedamimaṁ śṛṇu (XVII：7)

听我向你介绍不同类型的仪式：苦修和做慈善。

苦修，苦行的表现，可能是心智、言语，或身体的活动。如果一个人刻意保持沉默、快乐或者警觉的心智，这个努力就被称为精神苦修（mānasa-tapas）。如果一个人刻意说话，确保其所言是真实的、温和的和有意义的，这就是言语苦修（vāk-tapas）。对个人的感觉器官和身体施加控制，称为身体苦修（kāyika-tapas）。就信仰而言，根据个人的动机，这些苦修类型可能是萨埵的、罗阇的，或答磨的。

做慈善（Dānam），也有三种类型。萨埵慈善（Sāttvika-dānam）是有能力给予者免费给予配得到礼物者一个礼物。能够给予者是富有的，他不一定是有钱的人。不论个人拥有多少，如果不分享，他就是贫穷的；一个人只有一卢比，如果他或她愿意把钱给予需要者，他就是富有的。如果你不能使用你的财富，如果你不能把它们花在需要的地方，你就不是富有的。所以，克里希那说："愿你给予，无论给予什么，不要再想它——给予，洗净你给予礼物的双手，忘记你曾给予过。"如果礼物给予接受礼物者，而不让他或她觉得亏欠给予者，那么这个礼物就是真正的礼物。当你给予时，你必须看到你所给予者配得到该礼物。不要给予酒鬼礼物，他只会把礼物换成酒喝掉，这样的礼物不是对他人的赐福。

给予时让摄影师拍照，为了你将来目的而发布你的慈善，是罗阇慈善（rājasa-dānam）。答磨慈善（Tāmasa-dānam），即做慈善为了摧毁他人，或在不知道其目的或其接收者的情况下给予。

克里希那向阿周那保证："我所教导你的价值观是萨埵价值观，当吸取它们时，将使你自然地冥想。你将因此认识‘我’即你自己，‘我’居于万物之中，在‘我’之内万物存在，你和‘我’根本无异。这个真理对于心智自然、单纯、冷静、富有、包容，愿意接纳有限者，将变得清晰；如此没有任何期待或憎恨的心智，就是恒定的。这样的心智与我无异，我即那个心智。怀着那种心智，你会看到我所教导的真理，你将发现你就是存在–意识–喜乐（sat-cit-ānanda）。”

第二十一章
教导的结果

《薄伽梵歌》的最后一章以阿周那请求克里希那向他解释sannyāsa和tyāga开始。这两个词都是“弃绝”的意思，它们一直是整个《薄伽梵歌》的主题。阿周那不再问行动瑜伽或弃绝哪个更好，相反，他想知道sannyāsa和tyāga之间有什么不同。克里希那在他的教导中一直在使用这两个词，有时可以互换，有时是不同的。在回答阿周那时，克里希那总结了我们在前面章节中所读到的教导。

Tyāga：行动结果的弃绝

克里希那说tyāga是放弃行动的结果（karma-phala-tyāga），也称为行动瑜伽。作为一个行动瑜伽士，你付出行动，因为这是你的责任，你当然期待结果——没有人付出行动而不期待某种结果。但是，不论结果是否如你所愿，都并不影响你，因为你将任何结果视作恩赐（prasāda），来自主的恩赐。你意识到决定结果的法则不由你制定，而是主制定法则，所以你将结果看作来自祂，并欣然领受。如果你对结果秉持这样的态度，那么，即使愿望驱使行动（kāmya-karma）也可以是行动瑜伽，这即弃绝行动的结果（karma-phala-tyāga）。

Sannyāsa：行动的弃绝

有三类弃绝者（sannyāsa）：āpat-sannyāsa，vividiṣā-sannyāsa，vidvat-sannyāsa。āpat-sannyāsa在行将就木时才放弃一切，当医生放弃时，他才放弃。对于印度教徒来说，人生划分为四个阶段（asramas）：学生生活（brahmacarya）、家庭生活（gṛhasthya）、森林隐士生活（vānaprastha）、弃绝生活（sannyāsa）。临死者可以选择采取弃绝，以便人生第四阶段相关的任何好处都会回报给他。他被从家里带走，放置在一间小屋里，当他死的时候，他会被当成弃绝者埋葬，而不像常人死后被火化。这就是第一种弃绝，即所谓的危机弃绝（āpat- sannyāsa），在危险时刻弃绝——它是危险的弃绝，如果这个人从疾病中康复，他将不知道如何处理他的新身份，他仍然有许多世俗的关切，他充满着好恶，他不想离开他的房子或妻子。因此，该弃绝顺序本身就处于危险之中，因为它是由一个心智尚未准备好的人所采取的。

第二种弃绝称为vividiṣā-sannyāsa。在《薄伽梵歌》

中这是与行动瑜伽形成对比的弃绝。Vividiṣā的意思是“渴望知道”，个人对这个世上或天堂里的快乐不感兴趣，为了追求知识可能采取弃绝。这种类型的弃绝也是危险的，因为就像危机弃绝一样，弃绝是出于错误的原因，因此可能不自然。个人仍然怀抱着物品、财富或安全价值观，尚未准备好弃绝。

余味犹存

我们所执着的物品的价值是双重的：智力价值和习惯价值。智力价值可能是主观的或客观的，黄金具有明确的客观价值，但如果你对一个黄金结婚戒指特别执着的话，对你而言，该戒指比市面价值更大，你赋予它一种额外的神圣价值，但是这个额外价值不属于黄金——这是一种主观价值，是你心智的产物。如果你用同样的心智去探究这个戒指，并且接纳其本来面目，那么它的主观价值就会消失，只有客观价值依然存在——你使用的该物体的本来面目。这是当你学习《薄伽梵歌》时所发生的事情，你看到世界的真实面目，而不被你的好恶所渲染。

如果你客观地看待一件事物，你发现你继续追寻那个事物。这是由于惯性使然。即使酒鬼知道酗酒是危险的，他也不能没有酒精，因为他有惯性，由于习惯使然，他很无奈。这就是克里希那所说的：对物体的余味犹存——不论是智力或习惯价值，即使个人可能不接触任何物品。

克里希那告诉阿周那，仅仅放弃行动并不能使毫无准备者成为一名弃绝者，个人只要尚存一大堆的好恶，就不能成为弃绝者，为了摆脱好恶，个人必须追寻行动瑜伽。而当个人成为弃绝者后，就不能再付出行动，弃绝者只能执行那些他被责成的行动，他不能经商或结婚。所以，如果他尚不够格就成为弃绝者，他就会变成ubhayabhraṣṭa，瑜伽及弃绝均宣告失败，他非此非彼。所以，克里希那告诫阿周那说："即使你想放弃所有的义务，离开这场战争，也要先成为行动瑜伽士。"

世界并非陷阱

如果你在某种情况下感到不安，想要摆脱这种情况，那么，最好继续待在同一个领域并掌握它。采取弃绝就是凭你自己的意志远离该领域，一旦你摆脱了这个世界，你就有希望能够冥想。如果因为你认为世界对你太过分了，而想弃世的话，留在这个世界，证明你自己，看到这个世界不会再伤害你。如果你觉得这个世界是一个陷阱的话，那么你应该审视自己，因为同一个世界似乎没有让别人不快乐，也许你的不快乐就是你自己造成的——你把世界变成了怪物，它只是你心智的投射，世界不会产生悲伤，它只为你产生体验，如果你由此产生悲伤，问题在于你，而不在于世界。当你伸出一个手指指责世界时，其余手指指向你。正如蛀牙将食物转化为毒药，你的心智让你的生活变得很悲伤。

悲伤在加剧

悲伤的原因各不相同，但悲伤对每个人而言是一样的。一个古老的泰米尔经文谈到四个人诉说其悲伤：一个人说："我太穷了，我没有盐熬粥，所以我很悲伤。"另一个人说："我有牛奶，但没有糖，所以我很悲伤。"第三个人说："我没有一双鞋，所以我很悲伤。"第四个人补充说："我很伤心，因为我的轿子里面没有垫子。"

在悲伤中不存在盐、糖、鞋子或垫子，所有这些人的悲伤是一样的，即使消除它的手段不同。一个乞丐丢了乞讨碗，如果他得到一只乞讨碗，他会很高兴；但是失去了疆域的国王不会因为得到一只乞讨碗而高兴起来。

克里希那教导阿周那悲伤是心智投射的产物，他说："你为那不值得悲伤之事悲痛（Aśocyān anvaśocastvam），你拥有很多的信息，但是你对生活没有多少智慧。你是战争、后勤、射箭、舞蹈和音乐的大师，但是你没有把悲伤的生活转化为快乐的知识。请理解，阿周那，你的悲伤没有正当的理由。”

悲伤不会自然发生，是你臆造出来的。当你听到有人死亡的消息时，你只会感到震惊，只有在消息沉淀之后，悲伤才慢慢产生。就像嫉妒和其他情绪一样，悲伤也是被人建立起来的。幸福对你而言是自然的，悲伤不是；如果悲伤是自然的，你会高兴地悲伤；但你想摆脱它，你可以摆脱它，因为它不属于你。虽然快乐貌似来了又走，但事实并非如此，只是你的困惑念头有时使你不能享受你的快乐。你认为这个世界使你悲伤，放弃它会有助于你摆脱悲伤，但是只要你还活着，你就不能完全放弃这个世界。克里希那之前说过：“没有人能够保持片刻不活动（Na hi kaścit kṣaṇamapi jātu tiṣṭatyakarmakṛt）”；现在他换句话说：

न हि देहभृता शक्यं त्यक्तुं कर्माण्यशेषतः ।
यस्तु कर्मफलत्यागी स त्यागीत्यभिधीयते ।। 18-11 ।।

Nahi dehabhṛtā śakyaṁ tyaktuṁ karmāṇyaśeṣataḥ
Yastu karmaphalatyāgī sa tyāgītyabhidhīyate (XVIII: 11)

事实上，个人只要一息尚存就不能完全放弃行动，放弃行动结果之人被称为弃绝者。

只要一个人活着，可能放弃某些特定的行动，但不是所有行动。所以，tyāya意味着付诸行动，但弃绝结果（karma phala tyāya），当结果来时仅仅接受它们，在这个过程中，你的好恶将会被中和，你的心智将会变得纯净。

主的恩赐

如果一个学生已经领悟了，老师可以从他或她的眼中看出。克里希那知道他的话对阿周那已经醍醐灌顶，带着好老师了解其学生的信心，他给予阿周那选择的自由，告诉他去做他认为合适的事情：

इति ते ज्ञानमाख्यातं गुह्याद्गुह्यतरं मया ।
विमृश्यैतदशेषेण यथेच्छसि तथा कुरू ।। 18-63 ।।
Iti te jñānamākhyātaṁ guhyādguhyataraṁ mayā
Vimṛśyaitadaśeṣeṇa yathecchasi tathā kuru (XVIII：63)

我已经告诉你这个最秘密的知识，彻底深入探究它，愿你按照自己的意愿行事。

克里希那给阿周那一个选择："如果你想放弃行动，很好；如果你过着行动瑜伽的生活，那也很好。"克里希那如此说，是因为他很清楚阿周那已经明白了。

总结教导

在结束对话前，克里希那总结这个教导说：

सर्वगुह्यातमं भूयः श्रृणु मे परमं वचः ।

इष्टोऽसि मे दृढमिति ततो वक्ष्यामि ते हितम् ।। 18-64 ।।

Sarvaguhyatamaṁ bhūyaśśṛnu me paramam vacaḥ

Iṣṭo’ sime dṛḍhamiti tato vakṣyāmi te hitaṁ (XVIII：64)

请再听我崇高的话，那是一切的至高秘密。毫无疑问，你是我非常喜爱的人，所以我会告诉你什么对你有益。

克里希那亲切地对阿周那说：“现在我要赐予你我所言精髓，因为我非常喜爱你，你不仅是我的朋友，也是我的弟子。

“我已经展示了秘密之王（rāja-guhyam），为了你能够吸收，现在我要再次关注它。我知道你已经领会了我的意思，但我现在总结呈词，以确保你在言辞的迷宫中不迷失方向。”

就像秃鹫一样，虽然飞得很高，眼睛仍然紧盯着远在地面的猎物，老师直击教导的主题，虽然他可能涉及很多话题，使用很多例证，但他会一再指出真相。

克里希那总结该教导说道：

मन्मना भव मद्भक्तो मद्याजी मां नमस्कुरू ।

मामेवैष्यसि सत्यं ते प्रतिजाने प्रियोऽसि मे ।। 18-65 ।।

Manmanā bhava madbhakto madyājī māṁ namaskuru

Māmevaiṣyasi satyaṁ te pratijāne priyo' si me (XVIII：65)

愿你心智思念“我”，奉献“我”，崇拜“我”，顶礼“我”，你将到达“我”，我向你保证这是真的，因为你是“我”喜爱的人。

就像客人入住宾馆，你来到这个世界，你没带着一整车货物，只带着随身行李，你知道你将被很好地照顾。仰望天空，多么美丽的苍穹，不断变换的颜色，你的眼睛看到一片色彩；你的耳朵听到交响曲和鸟儿歌声；你闻到茉莉和玫瑰的芳香；有些东西超越你的感官，运用你的智力，你会发现和享受它们；世界为你的舒适和享受提供了一切，你仅需利用它。如果住在这样的宾馆里，有人认为自己悲伤的话，那么一定是个误会。

当你在这家宾馆住宿结束时，你将如同抵达时那样离开它。你在这里不拥有任何东西，你走时也不带走任何东西。只要你待在这里，这个世界宾馆即为你开设，然后你把它留给别人。你让你的逗留愉快，离开时带着美好的回忆。

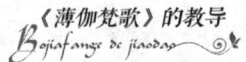

所有这一切，皆出于为你提供逗留之所的仁慈主人之手。在美丽鲜花及湖泊中，在整个造物中，你只能看到祂，你感恩创造这一切的祂，你只顶礼祂。

因此，克里希那建议阿周那说："在你所有的感知中接纳'我'，从而可以成为'我的'奉献者。不要成为偶尔的奉献者，遭受奉献之苦，不要跌倒在一个或其他祭坛的脚下。对'我'的奉献不是感情之事，而是发现之事，就像科学家发现真相。让'我'成为你奉献一切行动的祭坛，这种态度是行动瑜伽，这会让你成为一个弃绝者，了悟自我者与'我'合一。"

सर्वधर्मान्परित्यज्य मामेकं शरणं व्रज ।

अहं त्वा सर्वपापेभ्यो मोक्षयिष्यामि मा शुचः ।। 18-66 ।।

Sarvadharmān parityajya māmekaṁ śaraṇaṁ vraja

Ahaṁ tvā sarvapāpebhyo mokṣayiṣyāmi mā śucaḥ (XVIII：66)

放下一切行动，把"我"当作你唯一的避难所。我将把你从罪恶中解放出来，不要悲伤。

这是主克里希那的最后一句教导，在这里，dharma 这个词意味着行动，因为行动既包括正法和非法，也包括善与恶。"放弃一切行动，到'我'这里来。"

阿周那可能会问："但是这怎么可能呢？你已经多次告诉我，没有人可以放弃所有的活动。"克里希那的意思是："你无须从字面上放弃行动，因为你从来没有执行任何行动，即使在付诸行动时，你也是如如不动的——该知识是放弃一切行动的唯一途径。"

一切行动皆因"我"存在而产生，感觉器官和身体执行行动——看、去、来、拿、讲，但"我"始终如如不动。这种知识是真正的弃绝，称为如如不动的成就（naiṣkarmya-siddhi）。具有这种知识并且遵循弃绝生活者（vidvān），就是居于第三类弃绝者，以知识为特征的弃绝（vidvastasannyāsa）。

因此，主完成了他的教导，提醒阿周那他所说的一切，"你一直以行动者（kartā）的态度行事，现在凡事必秉持行动瑜伽的态度，看到'我'是领域知者（kṣetrajña）居于你之内，'我'居于众生之内，在'我'之内众生存在。'我'是存在-意识-喜乐（sat-cit-ānanda），'我'是你之内的意识。以这种方式接纳'我'，我将把你从罪孽中解脱出来，你将发现你自己是如如不动的。"

克里希那在一开始就介绍了这个教导："你为不必悲伤之事悲伤（Aśocyān anvaśocastvam）。"现在，他用此话来结束这个教导："不要悲伤（Mā śucah）。"开始与结束的一致性表明克里希那是大师，他从开始就告诉阿周那，他无缘无故悲伤，现在他证明了他所言不虚，"不要悲伤"。

阿周那的回应

为了回应这个教导，阿周那说：

नष्टो मोहः स्मृतिर्लब्धा त्वत्प्रसादान्मयाच्युत ।
स्थितोऽस्मि गतसन्देहः करिष्ये वचनं तव ।। 18-73 ।।

Naṣṭo mohassmṛtirlabdhā tvatprasādānmayācyuta

Sthito' smi gatasandehaḥ kariṣye vacanaṁ tava (XVIII：73)

我的妄想被摧毁了，我的知识是借由你的恩典获得的，哦，永恒不朽者（Acyuta）。我很坚定，我的疑虑已经消失，我会遵照你说的去做。

阿周那的回答显示了他的理解："我曾经对于孰对孰错感到困惑，那些曾经浮现于我脑海中的困惑念头现在已经消失了，我已经安住了我自己，我具有了关于我自己的视野。我知道我是圆满俱足的，在此教导之前，我只有在快乐的时候才体会到圆满俱足，从不知道那些时刻'我'正注视着自己。现在我知道我是喜乐，没有渴望、迫切需求、好恶、渴望变得不同，曾经的短暂体验是现在的恒定知识。你让我看清楚这点，我的无知消失了。主啊，借由你的恩典，我已经获得这一切。

“我现在坚定不移，固守我应有立场，你已经消除了我所有的疑虑。我将执行你所嘱咐我做的事情——我会拿起弓箭战斗。我知道我既非杀戮者，亦非被杀者。我欣然居于此身体内，从不付诸行动。难敌将会看到将要发生的事情，让正法被奠定。”

结　束

随着阿周那说完这番话，师生之间的对话结束了。《薄伽梵歌》现在以全胜对持国说的话来结束。

यत्र योगेश्वरः कृष्णो यत्र पार्थो धनुर्धरः ।
तत्र श्रीर्विजयो भूतिर्ध्रुवा नीतिर्मतिर्मम ।। 18-78 ।।
Yatra yogeśvaraḥ kṛṣṇo yatra pārtho dhanurdharaḥ
Tatra śrīrvijayo bhūtirdhruvā nītirmatirmama (XVIII：78)

哪里有一切瑜伽士之主克里希那，哪里有阿周那弯弓搭箭，哪里就有永不动摇的丰饶财富、胜利、繁荣和正义，这是我的信念。

全胜觉得他极其幸运地听到了克里希那的教导，他告诉持国：“我高兴得发抖，高兴地一次又一次回想起这个奇妙的交谈。”

克里希那和阿周那的对话将在所有后代中闪耀，其相关性是普遍而永恒的，永远不会过时。哪里有室利·克里希那和阿周那，或哪里有知识连同正确的态度和行动，哪里就有财富、胜利和荣耀。这是《薄伽梵歌》的教导。

Om Tat Sat

后 记

翻译斯瓦米·戴阳南达（以下简称“戴阳南达吉”）的《〈薄伽梵歌〉的教导》一书是我此生的荣幸！戴阳南达吉在该书中的文字表达通俗易懂，精准凝练，富有逻辑，读来酣畅淋漓，如醍醐灌顶！希望拙译不失原书文采，愿读者透过这些译文领略到原书真意！

结缘此书归功于我的瑜伽老师斯利达南·罗达克里希那博士（Dr. Sreedharan Radhakrishnan，以下称“克里希那老师”），他曾师从戴阳南达吉学习吠檀多，对戴阳南达吉在梵文和吠檀多方面的卓越成就及贡献尤为推崇。我之前对于梵文和吠檀多尚感陌生，是克里希那老师引导我一步步进入该领域。2016年4月和2017年2月，克里希那老师带领我分别拜访了戴阳南达吉在北印度瑞诗凯诗、南印度哥印拜陀的修道院，我有幸在这两个修道院短期学习，聆听到戴阳南达吉的亲传弟子阿查雅（老师）传授吠檀多课程，那些妙趣横生的比喻，令我茅塞顿开！我请教克里希那老师：“怎样才能学习到更多吠檀多知识呢？”他告诉我学习要循序渐进，无法一蹴而就。他挑选了戴阳南达吉的*The teaching of the Bhagavad Gita*（《〈薄伽梵歌〉的教导》）一书，对我说：“你先翻译这本书，以后每年为你挑选一本书来翻译。这不仅对你的学习有益，也将使广大中国读者受益。”由此开启了我翻译学习古印度智慧经典的道路。

翻译此书本身就是一个非常享受的学习过程，戴阳南达吉的文字表达通俗易懂，而一些梵文词语的翻译得益于克里希那老师的指导，使得翻译工作能够很流畅地进行。在翻译期间，我每每忘情游弋于戴阳南达吉的字里行间，欣喜地吸取甘露般的知识智慧营养，穿越时空去感受阿周那彼时彼境，克里希那循循善导的至上真理，将长久以来沉淀在我心中的厚重迷雾层层剥离。全书译毕，我已享用了一顿灵性饕餮大餐，感到由衷的喜悦和满足！

戴阳南达吉在这本书的开篇指出：人类心智就像一个不断冲突的“俱卢之野”，所有冲突皆指向“我想要”的共同基调，各种具体问题不过是“我想要”的老调重弹；导致人类不断冲突及欲求的根源是匮乏感，而匮乏感产生于对自我的错误认知；匮乏感的消除不能借由满足欲求，唯有借由自我知识才能消除自我错误认知，进而认识到自我的圆满俱足。《薄伽梵歌》正是这样的知识，“《薄伽梵歌》具有针对‘冲突及欲求’的人类根本问题的解决方案。像阿周那一样，你也会说：‘我的疑虑消失了！’这就是《薄伽梵歌》的承诺。”

在这本书中，戴阳南达吉对《薄伽梵歌》的诠释另辟蹊径、精准独到，在一些节点上的诠释不同于常人的普遍理解，比如对于“行动瑜伽”的理解：“‘行动瑜伽’是一个常常被人误解的术语，如果像有些人认为的那样，只要付诸行动就是行动瑜伽的话，任何同时接五个电话的商人将是一个伟大的行动瑜伽士。有些人把Yogaḥ Karmasu Kauśalam这段句子翻译为‘行动中的技巧是行动瑜伽’，若根据这个标准，即便雇佣杀手也可以是一个行动瑜伽士。‘付诸行动而不期望结果’也被当作行动瑜伽的定义，但是，即使疯子也不可能在不期望结果的情况下付诸行动。这些皆非准确的定义，行动瑜伽的真正含义由克里希那在一句话中给出：‘你只有行动选择权，却没有结果选择权。’行动瑜伽是执行行动应秉持的态度，即：一切结果由主的法则决定，它们来自主，所以它们被欣然接受。通过培养这种态度，当行动结果不符合个人期望时，个人不再遭受悲伤和遗憾之苦。行动及其结果都不会造成束缚，是心智对行动结果的反应造成束缚。为了摆脱这种束缚的局限性和痛苦，个人必须明白，既已选择一个行动，就应当接受其结果为恩赐，秉持此态度者被称为‘行动瑜伽士’。”

当阿周那面临手足相残的战争时，他无法承受杀戮罪孽的煎熬，想逃离战场遁入丛林，成为一名隐修弃绝者，“克里希那告诉阿周那，仅仅放弃行动并不能使毫无准备者成为一名弃绝者，个人只要尚存一大堆的好恶，就不能成为弃绝者，为了摆脱好恶，个人必须追寻行动瑜伽。而当个人成为弃绝者后，就不能再付出行动，弃绝者只能执行那些他被责成的行动，他不能经商或结婚。所以，如果他尚不够格就成为弃绝者，他就会变成ubhayabhraṣṭa，瑜伽及弃绝均宣告失败，他非此非彼。所以，克里希那告诫阿周那说：‘即使你想放弃所有的义务离开这场战争，也要先成为行动瑜伽士。’”

行动瑜伽是阿周那，也是俗世每个人在人生中皆需秉持的态度，它包括两个层面的含义：在行动时秉持虔信智性，即将一切行动当成对主的供奉；对行动产生的结果秉持恩赐智性，即将一切结果欣然接受为主的恩赐。“由于社会是以责任为基础的，个人应该履行其责任，直到他被解脱的渴望所驱动。在践行行动瑜伽的生活多年以后，你的态度将会改变，你不再受到好恶的左右，而是代之以客观的态度，并洞悉生活的唯一的目标就是解脱。那么心智的状态将是：‘这一生，或来生，我不再想要任何东西，我不再渴望安全感或享乐，我对这些不感兴趣，我不寻求它们。’当你达到这个层次的了悟时，一个选择呈现给你，你会以尽职尽责的态度继续履行行动，你通过师从一位老师来寻求自我知识，或者你可能成为一名桑雅士——一名弃绝者，过着完全献身于学习和冥想的生活。”

而对于“完全弃绝”的理解，戴阳南达吉亦有着独到之处：“如果放弃了悲伤或自豪的事情，这种放弃只是弃绝。然而，当一个人放弃一些东西，没有任何损失或失落感，反而乐意，这是完全弃绝……完全弃绝，既非精神上的，亦非身体上的行动，它需要一种恒定的心智，但它不是一种心理状态。完全弃绝是‘自我的真意即如如不动’的知识，自我没有任何身体上、知觉上或精神上的行动。了悟自我是不行动的人，即使身体上从事行动也是弃绝者，桑雅士。”

再有，对于虔信瑜伽、行动瑜伽、知识这三者之间关系的理解，戴阳南达吉亦一语中的：“虔信瑜伽和行动瑜伽是一样的，因为虔信正是使你成为行动瑜伽士的态度，为了主之缘故而行动，欣然接受一切结果作为他的恩赐。行动瑜伽确实是虔信瑜伽，这是克里希那对阿周那的回答……认为虔信（bhakti）之道比知识（jñāna）更胜一筹是幼稚的，完全臣服和具有完整知识是相同的。在《薄伽梵歌》中，克里希那并没有区分虔信和知识，他一直在回避阿周那关于行动瑜伽或弃绝行动孰更优越的问题。由于存在好恶，行动瑜伽士不能放弃行动，但他可以放弃对行动结果（karmaphala）的关心，培养欣然接受一切结果皆来自主的态度（prasāda buddhi）。以此态度行动就会带来净化，也就是说，他从好恶的控制中解脱出来。主是一切行为结果赐予者的认知是虔信，因此，行动瑜伽是虔信，是获得心智和平（śānti）的手段，一个和平的心智将发现和平是人之本性。”

该书得益于浙江大学王志成教授的无私指导，王教授亲自操刀为此书统稿，统一翻译词汇，使之与“瑜伽文库”用词一致，并纠正了一些翻译不精准的地方。王教授宅心仁厚地将此书纳入“瑜伽文库”——这个中国瑜伽界耳熟能详的经典品牌，从而为广大修习者提供了又一本值得反复研读的经典著作。王教授倾力向四川人民出版社推荐这本书，从而使此书能够在短期内出版发行，与广大读者见面。在此，我对王志成教授的大爱无私、鼎力帮助与支持表示由衷的感谢！

此外，还要感谢四川人民出版社的编辑何朝霞女士，借由她对瑜伽文化的热爱与奉献，使一本本瑜伽经典著作得以出版发行。

最后，我要感恩我的瑜伽老师罗达克里希那博士；感恩本书作者斯瓦米·戴阳南达吉；顶礼瑜伽之主克里希那；顶礼开启我们智慧，使我们发现真正自我的宇宙至上力量！

Om Tat Sat

汪永红

2018年6月5日